KB180744

메시지 오브 아더스

MESSAGE OF THE OTHERS

조우

메시지 오브 아더스 1 : 조우

초판 1쇄 발행일 2017년 8월 26일

지 은 이 송성근

출판책임 박성규
편집진행 유예림
편 집 남은재
디 자 인 조미경 · 김원중
마 케 팅 나다연 · 이광호
경영지원 김은주 · 박소희
제 작 송세언
관 리 구법모 · 엄철용

펴 낸 곳 도서출판 들녘
펴 낸 이 이정원
등록일자 1987년 12월 12일
등록번호 10-156
주 소 경기도 파주시 회동길 198
전 화 마케팅 031-955-7374 편집 031-955-7381
팩시밀리 031-955-7393
홈페이지 www.ddd21.co.kr

I S B N 979-11-5925-276-1 (04810)
979-11-5925-275-4 (세트)

값은 뒤표지에 있습니다. 잘못된 책은 구입하신 곳에서 바꿔드립니다.

「이 도서의 국립중앙도서관 출판예정도서목록(CIP)은 서지정보유통지원시스템 홈페이지(http://seoji.nl.go.kr)와 국가자료공동목록시스템(http://www.nl.go.kr/kolisnet)에서 이용하실 수 있습니다.(CIP제어번호: CIP2017020077)」

송 성 근 장 편 소 설

OI

조우

들녘

나의 사랑스런 지구인 아내

윤영에게

차 례

등장인물 소개

이진우

1984년생. 미혼 남성으로 새암고등학교 과학교사다. 신중하고 명석하지만 신념이 강하고 고집이 세서 남들이 보기에는 답답한 행동을 할 때가 많다. 어렸을 때 갯벌에서 사고로 아버지를 잃은 후 고독한 청소년기를 보냈다. 따뜻한 친화력과 부드러운 카리스마를 갖고 있다. 그는 UFO와 조우하면서 예지력과 통찰력을 갖게 된다. 하지만 몸에 밴 관료 스타일 때문에 자신의 능력을 완전히 자각하고 통제하기까지 오랜 시간이 걸린다. 이후에는 그 능력이 더 넓게 확대된다. 일곱 명의 아이들을 이끌어가는 지도자나 다름없다.

김경희

1985년생. 기자. 〈월드 파라노말 미스터리〉라는 (삼류) 잡지사 소속이다. 그리고 이혼녀다. UFO와 조우하는 현장에 없었기 때문에 특별한 능력도 없다. 하지만 미모와 몸매가 워낙 빼어나며 여우 같은 계산 능력이 있다. 상황 판단이나 결정이 대단히 민첩하고 순발력 있다. 지적 욕구도 매우 강하며 직관적인 사고력도 우수하다. 이진우가 일곱 명의 아이들에게 아버지와 같다면 그녀는 아이들을 처음부터 발굴하고 육성하는 어머니 역할이라고 할 수 있다. 그래서 이진우와 다양한 면에서 균형을 이루며 그의 부족함을 보완한다.

최동훈

새암고등학교 1학년이다.(이하 동일) 천문 동아리 회장을 맡고 있다. 키 크고 잘 생기고 공부도 잘하지만 고교 진학 후 격동의 시기를 겪고 있다. 쉽게 화를 내고 섣부른 행동을 해서 큰 화를 자초하기도 한다. 가족에 얽힌 비밀을 알게 된 이후로 크게 동요한다. 원래는 총명한 아이지만 사춘기를 겪는 그의 판단은 대체로 매우 경솔하며 행동은 우발적이다. 염력 및 공간 왜곡 능력을 가지고 있다.

고인아

딱 보면 반장일 것 같은, 지적이며 리더십 강한 여학생이다. 나중에 새암고 전교 회장이 된다. 우수한 유전자를 가지고 있으면서도 겸손하고 공명정대하다. 텔레파시와 사이코메트리 능력을 가지고 있다. 아이들 사이에서 일어나는 갈등을 중재하며 위기에 맞서 해결책을 찾아낸다. 제갈량과 같은 책사 역할을 한다.

우도윤

중창단의 독보적인 솔리스트. 천사가 강림한 것 같은 분위기를 자아내는 아름다운 목소리의 소유자다. 영혼도 목소리처럼 맑고 투명해서 사고가 단순하고 백치미가 있는 게 약간 흠이다. 하지만 그게 매력이라 숱한 남학생들에게 고백을 받곤 한다. 초음파 발성 능력과 전자장 통제력을 가지고 있다. 그녀의 목소리는 이 이야기에서 아주 중요한 역할을 한다.

변기태

고등학교 1학년이지만 병으로 학교를 쉰 탓에 친구들보다 1살이 많다. 어렸을 때부터 몸이 허약해서 갖가지 질병을 달고 살아온 전자제품 오타쿠다. 아버지는 45만 평의 땅을 가진 부자로, 아들을 위해 놀이터 삼으라고 지어준 '짜바 타워'가 일곱 아이들의 아지트가 된다. 전자장 증폭 및 변형 능력을 가지고 있다. 매우 빠른 직관적 판단이 가능하고 순발력 있게 사고한다. 아이들 사이에서 일종의 제사장 역할을 담당한다.

김철산

오라는 운동 동아리가 많았지만 딱히 하고 싶은 운동이 없어 천문 동아리에 '그냥' 가입했다. 공부와는 담 쌓은 아이다. 헬스장에서 기구를 들면서 대부분의 시간을 보내는 근육맨답게 괴력 및 중력 전환 능력을 가지게 된다. 성적은 도저히 대학에 갈 수 없을 만큼 처참하지만 그의 괴력은 무시무시하다. 하지만 그 능력을 충분히 발휘할 때까지 험난한 시련을 거치게 된다. 부모님의 이혼 때문에 애정 결핍에 시달리는 이 아이는 늘 사랑에 목말라 한다.

이치훈

언뜻 봐서는 눈에 띄지 않는 평범한 천문 동아리 회원이지만 시공간을 이동하는 가장 신비한 능력을 가졌다. 아버지 없이 어머니와 함께 살고 있는데 이 아이의 과거에는 매우 어두운 그늘과 비밀이 드리워져 있다. 인터넷 · 게임 중독자나 마찬가지라 늘 밤을 새우고는 낮에는 졸면서 깊이 사색(?)한다. 자신이 갖게 된 타임 리프 능력으로 인해 발생하는 시간의 혼란을 경험한 후 깊은 철학적 사색에 빠진다. 철학자의 이미지다. 이 이야기에서 아주 중요한 존재다.

박에스더

새암고 중창단 단원. 본인의 의도와 상관없이 감마선을 방출하는 괴물 같은 능력을 갖고 있다. 감마선이 방출될 때 이 아이 주변에 머무르는 모든 생명은 파괴된다. 단 감마선은 에스더가 위험을 감지했을 때만 방출되기에 평소에는 아무 이상 없이 생활한다. 엄마는 어렸을 때 그녀를 버리고 떠났고 건축 일을 하는 아버지와 가난하게 산다. 1권에서 일어난 사고로 그녀는 행방불명되고 2권에서 아이들은 에스더를 찾으려 애쓴다. 어쩌면 가장 비극적인 인물일 에스더의 운명은 이야기의 마지막에 다다라야 비로소 알 수 있다.

1화

Encounter

조우 1

전라남도 함평군 돌머리해변 근처 해안 도로.

5월 6일 금요일.

이진우는 검게 드러난 갯벌을 내려다보았다. 낯선 혹성의 지표처럼 무한히 넓은 빈 공간이 펼쳐졌다. 젖은 펄에서 피어오른 수증기가 하얀 해무를 만들어 수채화처럼 흐리게 번졌다. 저만치 물러난 바다가 은색 광선을 쏘면서 반짝거렸다.

구불거리는 해안 도로에는 새 소리 하나 없었다. 이따금 부는 바람이 귓바퀴에서 회오리쳤다. 거기 누군가가 나무 의자를 만들어놓았다. 풍상에 삭은 나뭇결은 나선 은하 모양으로 갈라져 있었다. 이진우가 은하 외곽에 책을 깔고 앉았다.

『창백한 푸른 점』. 미국의 천문학자 칼 세이건이 지은 책.

1990년 2월 14일, 보이저 1호가 지구와 61억 킬로미터 떨어진 우주 공간에서 찍은 사진을 지구로 보냈다. 책 표지를 장식한 그 사진에서 지구는 0.12화소의 작은 점에 불과했다.

세이건은 그걸 '창백한 푸른 점(The Pale Blue Dot)'이라고 불렀다. 이 똑똑한 과학자는 문학에도 재주가 있었는지, 'P, B, D'의 두운을 살려 아주 시적인 이름을 붙여놓았다. 더 페일 블루 닷— 그렇게 말하면 공기가 뭉쳤다가 터져 나오면서 입술과 혀끝을 기분 좋게 간지럽혔다.

창백한 푸른 점— 그만한 이름이 없다.

광활한 우주, 외롭게 빛나는 작은 행성, 한 61억 킬로미터 밖에서 지구를 보면, 지구는 연약한 불빛으로 보일 것이다. 언제 꺼질지 모르는 불안한 작은 점으로.

이진우는 칼 세이건의 책을 좋아했고, 시적인 영감이 묻어나는 장엄한 그의 문체를 탐냈다. 이진우의 오른쪽 엉덩이 아래에 지구가 깔렸다.

'그때 난 뭘 하고 있었더라…….'

그가 책을 집어 들었다. 먼지처럼 작은 지구의 사진, 그럴리 없겠지만……, 그는 사진에 눈을 가까이 대보았다. 그것을 확대해 본들, 무엇이 보이겠는가.

진우는 그때 7살이었다. 가족 모두가 행복했다. 아버지도 함께 살고 있었다. 형과 누나 모두가 저 작은 지구 위에 지어진 작고 아담한 집에서 함께 살았다.

"선생님, 거기서 뭐하세요?"

등 뒤에서 나는 소리에 진우가 뒤를 돌아보았다.

오현미 선생이 언덕 끝에 서 있었다. 햇살에 눈을 찡그리며 그녀가 진우에게 말을 걸었다.

그녀는 해풍에 모자를 뺏기지 않으려고 한 손으로 모자를 눌렀다. 아이 같은 얼굴을 찡그리며 그를 보고 웃었다. 홀쭉한 허리에 짧은 반바지, 하얗게 드러난 다리에는 근육이 거의 보이지 않았다. 멋진 다리는 그냥 걷는 용도로만 쓰기에는 아까워 보였다.

진우가 바라보는 쪽은 바닷가, 한 발 앞은 10여 미터 정도의 낮은 절벽이었다. 오 선생이 길 건너편 언덕에서 조심조심 발을 디디며 길가로 내려왔다.

"아이들은요?"

진우가 고개를 뒤로 젖혀 물었다.

오 선생이 길을 건너려고 고개를 좌우로 돌렸다. 낡은 트럭 한 대가 쏜살같이 달려왔다. 몇 십 센티미터 차이로, 차가 오 선생 앞을 스쳤다. 차가 원심력에 비틀거렸다. 끼익 하는 소리가 났다.

진우가 깜짝 놀라 일어섰다. 그녀가 놀라 뒷걸음질 치다 언덕 경사면에 엉덩방아를 찧었다. 아이 씨, 오 선생은 엉덩이를 털면서 터벅터벅 걸어 길을 건넜다.

"개네들 신났어요. 언덕 전체가 들판이고 보리밭이라 숨을 곳도 없는데 숨바꼭질하고 있어요. 열심히 퇴행 중이죠. 저대로 일주일만 풀어놓으면 아마 네안데르탈인이 될 거예요. 그런데 선생님은 거기서 뭐하세요? 명상? 옛날 여자 친구 생각?"

오 선생이 진우 곁으로 다가오면서 물었다.

"명상하고 있었죠. 우주와 자아에 대해."

합장하는 스님처럼 진우가 공손하게 대답했다.

오현미 선생은 중창단 아이들을 데리고 왔다. 그녀는 역사를 가르치지만 음악을 좋아했다. 특히 〈시스터 액트〉에 나오는 가스펠 음악을 무지하게 좋아해서 온전히 여자아이들로만 구성된 중창단을 만들었다. 아마도 올가을 축제 때는 통통하게 살이 오른 여자아이들이 흑인 가스펠을 부르며 강당에서 노래할지도 모른다. 그녀의 멋진 다리는 그때쯤 적당한 대우를 받을 것이다.

이진우는 천문 동아리를 인솔했다. 대부분 게임에 빠진 사내아이들이었다. 모든 것이 귀찮고 지루하고 쓸데없다고 느끼는 그들에게 게임은 깨끗한 중독물이었다. 그것은 담배나 술 같은 '독극물'보다 안전했고, 연애 같은 '재난'보다 덜 치명적이었다. 이진우 선생은 게임 대신 별자리의 신비에 빠져보라고 그들을 설득했다. 흠, 확실히 별자리는 중독의 위험성이 적었다. 서울의 밤하늘에는 별이 뜨지 않으니까.

삼장법사 같은 과학 선생과 힙합을 흑인 영가처럼 부를 줄 아는 재주를 가진 역사 선생이 힘을 합쳐 동아리 캠프를 조직했다. 아이들이 그 캠프에 따라 나선 이유는 간단했다. 방해 없이 놀 수 있다는 것과 남녀 학생이 함께 하는 혼성 캠프라는 점. 어쨌든 캠프는 안전하다. 아직 싱글인 남녀 교사가 그들을 지도하고 있지 않은가.

그가 들고 있는 책 쪽으로 오 선생이 시선을 내렸다.

"책 읽고 계셨나 보네. 창백한 푸른 점? 공포소설인가요?"

그녀가 책과 진우를 번갈아 쳐다보며 물었다. 진우가 너털웃음을 터뜨렸다.

"그렇다고 할 수 있죠. 우주를 생각하면 소름이 돋으니까."

언덕 뒤쪽에 펼쳐진 구릉지에서 아이들 노는 소리가 들렸다. 스물한 명의 아이들이 내지르는 소리가 제법 컸다. 주로 여자애들 소리였다. 그들은 중창단이다.

"우주가 무서워요? 거긴 별 말고 아무것도 없잖아요. 난 지구가 더 무서운데."

그 말에 진우가 또 큰 소리로 웃었다.

"하긴 그러네요. 아무것도 없는 것보다 뭔가가 있는 게 더 무서울지도."

"그럼 얘기해봐요. 왜 아무것도 없는 게 무서운지."

나뭇결이 검게 갈라져 있는 의자에 조심스럽게 앉으며 오 선생이 물었다. 이진우도 옆에 앉았다.

"선생님은 1990년 2월 14일에 뭘 하고 계셨어요?" 진우가 물었다.

"지난주에 뭘 했냐는 것처럼 물으시네요. 그때는 7살이었으니까 유치원에 있었겠죠. 무슨 요일이었죠, 그날은?"

"금요일."

"그럼 맞겠다. 유치원 갔었겠네. 아니다. 그때면 방학이었을 수도 있겠다. 근데 왜요? 그날 무슨 일이 있었는데요?"

"이걸 보면서 한번 생각해보세요." 진우가 책을 내밀었다.

"이게 뭐죠?"

"그날 찍힌 지구 사진이에요. 지구에서 61억 킬로미터 떨어진 우주 공간에서 보이저 1호가 이 사진을 찍어 전송했죠. 보세요. 지구인 최초의 셀카예요. 여기 있는 이 점이 바로 지구랍니다."

이진우가 손가락으로 책 표지에 찍힌 작은 점을 가리켰다. 먼지처럼 작았다.

"와!"

호기심이 가득 찬 눈으로 그녀가 작게 탄성을 질렀다.

"외로워 보이죠?" 진우가 물었다.

"그러게요."

그녀가 조금 심각한 얼굴로 작은 점을 응시했다.

"무섭죠?" 그가 겁주는 말투로 물었다.

"뭐가요? 검은 우주요, 아니면 외로운 거요?"

그녀가 재치 있게 맞받았다. 항복, 그런 뜻으로 그가 두 손을 번쩍 올렸다.

"거기에 선생님도 저도 다 나와 있어요. 확대하면 보일 거예요. 아마."

진우가 웃음이 묻은 목소리로 말했다.

"정말요? 진짜?"

진우의 말에 그녀가 다시 진지해졌다. 그녀는 책 가까이에 천천히 눈을 갖다 댔다. 진우가 웃음을 참느라 입술을 씰룩거렸다.

"사람들은 과학 전공자들이 하는 농담을 진지하게 받아들이죠. 블랙홀과 양파의 구조가 위상학적으로 동일하다, 이런 식으로 말하면 아무도 웃질 않아요. 그런 거구나, 하는 눈으로 빤히 쳐다보죠."

오 선생이 속았다는 표정으로 진우를 노려보았다. 진우가 익살맞게 웃었다.

"그러는 선생님은 그날 뭘 하고 계셨어요?" 오 선생이 물었다.

"글쎄요, 저도 그걸 생각하고 있었어요. 그날 내가 뭘 했더라, 하고."

"선생님은 어렸을 때도 차분하고 명석한 아이였을 것 같아요."

"제가요? 제가 차분하고 명석해 보이나요?"

진우가 되물었다. 오 선생이 살짝 얼굴을 붉혔다.

"어렸을 땐 개구쟁이였어요."

"그럼 언제부터 우울해지신 거죠? 옛날 여자 친구에게 차이면서?"

"그런지도 모르죠."

그녀가 조금 서운한 표정을 지었다. 그녀는 속마음이 얼굴에 다 드러나는 여자였다. 그녀는 투명했다. 맑은 날의 바다처럼.

"그럼 그 얘기 좀 해주세요. 선생님을 우울하게 만들었던 그 옛날 여자 친구 얘기요. 여행 왔을 때는 그런 얘기 하면서 노는 거니까."

"정말 듣고 싶어요?"

"네, 꼭 듣고 싶어요!"

"좋아요. 그럼."

진우가 헛기침을 몇 번 했다. 그가 먼 바다를 향해 시선을 열었다. 해무가 걷히고 있었다. 바다 쪽에서 맑은 바람이 불었다. 먼 바다에 작은 점 같은 배가 서너 개 떠다녔다.

"옛날 옛적에 아주 착한 과학도가 한 사람 살고 있었어요."

반짝이는 눈으로 그녀가 생글생글 웃었다. 두 다리를 의자 위로 올려 무릎을 세웠다. 무릎 위에 턱을 올리고서 그의 이야기에 귀를 기울였다. 멋진 훈남 선생 이진우의 옛 사랑이라, 학교 가서 다른 여선생들한테 자랑해야지!

"그 과학도는 정말 성실하고 진지한 자세로 아주 열심히 물리학을 공부했지요."

그리고 짜잔, 하면서 그녀가 나타날 차례! 오 선생이 하얀 이를 드러내 입술을 살짝 깨물었다.

"정말 정말 열심히 공부했었지요."

그녀가 고개를 갸웃거렸다. 이쯤에서 나와야 하는데…….

"그래서 이 착하고 성실한 과학도에게 아무도 접근하지 않았답니다. 얘기 끝."

오 선생이 큰 눈을 계속 깜빡거렸다. 이해하기 어려운 기능을 가진 주방 기기를 보는 표정이었다.

"정말? 아무도요?"

"네. 아무도요."

"저런 끔찍했겠네요."

이진우가 어깨를 으쓱해 보였다.

"이제야 알겠어요. 선생님처럼 차분하고 명석하게 생긴 멋진 남자에게 왜 여자 친구가 없는지."

"왜 없는데요?"

"여자한테 관심이 없으니까. 뭔가를 얻으려면 그걸 갈망해야 해요. 원하지 않으면 얻을 수 없죠."

그녀가 먼 바다를 바라보았다. 그녀의 가슴이 부풀었다가 가라앉기를 반복했다. 이진우는 잠깐 오 선생의 눈을 보았다. 절반쯤은 투명했고 절반쯤에는 조마조마한 긴장이 비쳤다.

주변이 조용했다. 귓속에서 윙 하는 소리가 들렸다. 순간, 이진우가 몸을 벌떡 일으켜 세우며 뒤를 돌아보았다.

"아이들이 왜 이렇게 조용하죠?"

진우가 언덕 쪽을 향해 서서 물었다.

"그러게요."

오 선생도 불안한 눈으로 일어섰다. 그때 언덕 너머에서 짧은 비명이 들렸다. 진우가 언덕을 향해 달리기 시작했다.

한 아이가 언덕 끝으로 달려와 소리쳤다.

"선생님! 빨리요, 빨리 오세요!"

진우가 언덕을 기어올랐다. 오현미 선생도 진우를 따라 길을 건너 언덕을 올랐다.

해무가 걷힌 바다 끝에서 작은 점들로 떠 있는 배가 반짝, 하며 빛을 반사했다.

2화

Encounter

조우 2

사내 녀석들 둘이 언덕을 구르고 있었다. 장난치는 것처럼 보였다. 두 친구를 향해 우르르 몰려간 아이들은 비탈에 서서 어찌할 바를 몰랐다.

이진우가 언덕 아래로 달려갔다.

"김철산, 변기태, 당장 그만두지 못해!"

진우가 소리쳤다. 둘은 사랑을 나누는 연인처럼 엉겨 붙어 있었다. 하나는 드러눕고 다른 하나는 올라타서, 올라탄 녀석이 드러누운 녀석을 두들겨 팼다. 바닥에 누운 녀석의 입 주변으로 피가 섞인 침이 흘러내렸다.

"그만하라고!"

진우가 달려들어 두 아이를 뜯어내자 다른 아이들이 싸움 말리는 걸 거들었다. 둘 다 자리에 털썩 주저앉았다. 둘은 씩씩거렸다. 아이들이 주변을 동그랗게 둘러쌌다.

"무슨 일이에요? 왜?"

오 선생이 그사이에 달려와 싸움이 끝난 벌판을 둘러보며 잔뜩 찡그린 얼굴로 물었다. 그녀가 쭈그려 앉았다. 맞은 녀석의 얼굴을 손수건으로 닦았다. 녀석이 고개를 돌려 투악 하고 피 섞인 침을 뱉었다. 분홍색 침이 늘어지며 바닥으로 떨어졌다. 오 선생이 저쪽에 앉은 아이를 노려보았다.

"뭐야, 싸우자고 캠프 온 거야? 도대체 무슨 일이야?"

그녀는 피의 사연을 물었다. 아무도 대답하지 않았다.

"김철산, 말해봐. 왜 싸운 거야?"

이진우가 성난 표정으로 물었다. 올라타 있던 녀석이다. 그는 바닥에 깔려 있던 아이를 노려볼 뿐 아무 말도 하려 들지 않았다. 근육으로 똘똘 뭉친 아이였다. 건드리면 폭발할 것처럼 온몸에 힘이 들어가 있었다.

"제가 잘못했어요."

피 흘리던 녀석이 말했다. 변기태였다. 키가 크고 마른 아이. 맞은 놈이 스스로 잘못했다고 말했다.

"말실수를……. 미안해."

변기태가 순순히 사과했다. 팔뚝으로 입을 쓱 닦았다. 벌써 눈두덩이가 퉁퉁 부어올라 눈 하나가 감겼다.

"됐어."

김철산이 굵은 목소리로 짧게 대답하며 자리를 떴다. 녀석이 언덕을 향해 걸어갔다. 이진우와 오 선생은 어찌해야 할지 몰라 서로를 쳐다보았다. 멋지게 사과했으니, 그걸로 된 건가? 오 선생이 그런 말을 구시렁대며 김철산의 뒷모습을 화가 난 눈으로 노려보았다. 녀석은 벌써 언덕 중간을 오르고 있었다. 주변에 둘러선 아이들이 수군거렸다.

이진우가 기태의 옷을 손으로 탁탁 털었다. 푸르게 풀물이 밴 옷에서 시큼한 냄새가 났다.

"무슨 일이야? 네가 뭐라고 말실수를 했는데?" 이진우가 물었다.

"드론 얘기요. 드론 날리는 얘기."

"드론 날리는 얘기 때문에 입안이 찢어질 만큼 주먹을 날리진 않아. 말해봐."

"우리 아빠가 드론을 사줬다고……."

주변의 아이들이 흩어지기 시작했다. 싸움에 대해, 찢어진 입에 대해, 그리고 오늘의 다음 일정에 대해 이야기하며.

"너도 새아빠한테 사달라고 하라고, 새아빠니까 너한테 잘 보이고 싶지 않겠냐고……."

"맞을 짓 했네."

"네. 하지만 전 정말 아무 생각 없이 한 말인데."

갑자기 김철산이 이쪽으로 뛰어왔다. 진우가 반사적으로 기태의 몸을 감쌌다. 여전히 화가 난 건지, 철산은 아까보다 더 흥분한 얼굴로, 잔뜩 긴장한 표정으로 다가왔다. 그가 코를 벌름거리며 세차게 숨을 몰아쉬었다.

"이제 그만해! 기태가 미안하다고 사과했잖아!"

이진우가 녀석에게 거칠게 소리쳤다. 아이들이 다시 모여들었다.

김철산이 말을 더듬거리며 뭐라고 떠벌렸다. 뱀에 물린 사람처럼 팔다리를 떨면서 이리저리 휘저었다. 눈을 동그랗게 뜨고 어버버 말을 쏟았다.

"뭐? 뭐라고? 말을 똑바로 해!"

"아이, 싯팔! 저기, 저기 좀 보라고요!"

김철산이 발로 땅을 차며 저기를 가리켰다.

들판 아래 보리밭, 그들은 들판이 끝나고 보리밭이 시작되는 곳에 서 있었다. 철산과 기태는 언덕 위에서 그곳까지 엉겨 붙어 굴러서 내려온 것이다.

"뭔데, 뭘 보라는 거야?"

진우가 성난 소리로 물었다.

"저, 저, 저어기!"

그가 팔을 쭉 뻗어 보리밭을 가리켰다. 손가락에 잔뜩 힘이 들어가 있었다. 이진우와 오 선생, 아이들이 모두 김철산이 가리키는 곳으로 고개를 돌렸다.

5월의 보리밭은 금빛이었다. 1미터 길이로 자라 고개를 푹 숙인 보리가 넓게 펼쳐져 있었다. 30분 정도 걸어야 이쪽 끝에서 저쪽 끝으로 걸어갈 수 있을 만큼 넓은 밭이었다.

"뭐, 저기 뭐?"

한 녀석이 철산에게 물었다. 다른 아이들도 궁금하긴 마찬가지였다. 거기는 다 자란 보리 말고는 없지 않은가. 지루하게 일렁이는 보리들이, 아련한 가곡의 음률처럼 비스듬히 기울어져 너울거리고만 있을 뿐.

김철산이 갑자기 이진우의 손을 꽉 쥐었다. 억센 손으로 이진우 선생의 손을 잡고 언덕 쪽으로 그를 데려갔다. 거의 끌려가다시피, 이진우는 김철산과 함께 언덕을 올랐다. 몇몇 아이들도 그들을 따랐다.

웬만큼 경사가 있는 곳에 이르렀을 때, 이진우 선생과 아이들은 얼어붙은 채 보리밭을 바라보았다. 이진우는 눈두덩이에 손을 대고 보리밭 쪽을 뚫어지게 쳐다보았다.

아직 언덕 아래쪽에 있던 오 선생과 열댓 명의 아이들은 그들이 얼어붙은 이유를 알지 못했다. 오 선생이 먼저 언덕을 향해 뛰기 시작했고, 그녀의 뒤를 따라 아이들이 달려 올라갔다.

보리들이 쓰러져 있었다. 축구장 서너 개만큼 넓은 벌판 한가운데에 축구장 절반쯤 될 만한 크기로 보리들이 누워 있었다. 그것들은 회전하듯 한쪽 방향으로만 쓰러져 있었다. 쓰러진 보리들이 쓰러지지 않은 보리들과 경계를 그렸다.

그것은 둥근 원이었다. 둥근 원 안쪽으로는 쓰러지지 않은 보리들이 있었는데 그것이 또 다른 무늬를 만들었다. 직선과 사선이 교차되어 사방이 어지러웠다.

그것은 어떤 그림이었다. 거기서는 둥근 원만 보였다. 원 안의 일어선 보리들이 어떤 모양을 그리는지는 더 높은 곳으로 가야 알 수 있을 것 같았다.

"저게……, 언제부터 저기 있었지?"

이진우가 물었다. 심장이 터질 듯이 쿵쾅거렸다.

"보셨잖아요. 처음 여기에 왔을 때, 1시간쯤 됐나? 그때는 저런 게 없었어요. 선생님이 보리밭 노래를 부르다가 쪽팔린다고 그만뒀을 때만 해도 저런 건 없었어요."

최동훈이 그의 옆에서 대답했다. 동훈은 천문 동아리 회장이었다. 항상 목 끝까지 단추를 채우고 다니는 바른 생활 학생. 그의 목소리는 차분했다. 김철산은 아직도 놀란 눈을 껌뻑거렸다. 다른 아이들도 당황하기는 마찬가지였다.

오현미 선생과 다른 아이들이 도착했다. 그들도 보리밭을 바라보았다. 모두들 심각하게 얼떨떨한 표정으로 변했다. 이진우는 그들에게 신경 쓰지 않고 최동훈에게 말했다.

"한 시간 만에 저게 생겼다고? 저렇게 큰 원이? 누가 장난친 거 아냐?"

"누가 힘들게 저런 걸 만들겠어요?"

"누구 본 사람 없어?"

진우가 아이들을 돌아보며 물었다. 아이들은 모두 언덕 중턱에, 이진우를 중심으로 뭉쳐 있었다.

"계속 봤잖아요. 여기 언덕에서 놀면서."

최동훈이 대답했다.

"어쩌면 우리가 못 본 걸 수도 있어요. 처음부터 저게 있었는데 우리가 못 본 건지도……."

오 선생이 별것 아니라는 투로 대답했다.

"아니에요. 이 사진 좀 보세요."

여학생 하나가 자기 폰을 열어 오 선생에게 보여주었다. 한 시간 전에, 처음 그곳에 와서 찍은 사진이었다. 언덕 위에서 아래쪽을 향해 찍은 점프 샷, 공중에서 사지를 벌리고 붕 떠 있는 아이 뒤로, 언덕 아래쪽에는 보리밭이 평화롭게 펼쳐져 있었다. 축구장 절반 크기의 원 같은 건 어디에도 없었다.

"폰 줘봐."

이진우가 목소리를 깔고 말했다. 최동훈이 휴대폰을 내밀었다. 진우가 번호를 눌렀다. 119를 눌렀다가, 9를 지우고 2를 눌렀다.

"경찰이지요? 여기, 저……."

뭐라고 말해야 하나? 진우는 휴대폰을 한쪽 볼에 댄 채 아이들을 돌아보았다. 아이들 모두 호기심이 가득한 눈이었다.

"여기, 저, 돌머리해변 해안 도로인데요, 보리밭에 이상한 게 있어요. 빨리 와주세요. 그러니까 그게, 저……, 일단 와서 보셔야 할 것 같아요. 저도 뭐라고 설명하기가……. 네, 네. 저는 서울 새암고등학교 과학 선생입니다. 이진우. 아이들하고 현장학습 차 여기 왔습니다. 네, 빨리 오세요."

진우가 전화를 끊었다. 아이들 몇 명이 언덕 아래로 내려가기 시작했다. 다른 아이들도 따라 내려갔다. 이진우와 오현미는 서로를 쳐다보다가 아이들을 따라 내려갔다.

보리밭 안쪽으로 100미터쯤 걸어 들어간 곳에서 원이 시작되고 있었다. 원의 경계 쪽에 아이들이 빙 둘러섰다. 아이들과 오 선생은 이진우를 쳐다보았다. 첫발을 내딛기를 바라는 눈들이었다. 과학 선생이니까, 과학적으로 설명해보라는 눈빛이었다.

진우가 좌우에 둘러선 아이들을 바라보았다. 그의 왼발이 먼저 원 안쪽으로 들어갔다. 아이들이 일제히 폰을 꺼내 그 장면을 찍었다.

진우가 먼저 원 안쪽으로 들어가자 다른 아이들도 따라서 들어왔다.

보리들은 원을 따라 회전하듯이 시계 반대 반향으로 누워 있었다. 진우가 쪼그려 앉아 보리를 살폈다. 보리는 다만 누워 있을 뿐 말라비틀어지거나 죽은 게 아니었다.

"누군가 보리를 억지로 꺾어서 이 원을 만들었다면, 판자 같은 걸로 눌러야 하는데……. 발자국이 있을지도 몰라. 찾아봐."

진우가 아이들에게 말했다. 몇몇은 휴대폰으로 영상을 찍었고 어떤 아이들은 고개를 숙여 보리들을 살폈다.

"이게 왜 이러지?"

"네 건 괜찮니?"

"나도 그래."

"나도."

아이들이 서로의 휴대폰을 보며 얘기했다.

"왜? 무슨 일이야?"

"선생님, 휴대폰이 안 돼요. 전원을 눌러도 안 돼요. 고장 났어요."

여학생 하나가 자기 휴대폰을 톡톡 두드리며 대답했다.

"사람 흔적 같은 것도 없어요. 깨끗해요."

최동훈이 대답했다.

"여기서 당장 나가."

진우가 허리를 펴고 선 자세로 원 둘레를 돌아보며 말했다.

"네?"

최동훈이 고개를 돌려 물었다.

"오 선생님, 아이들 데리고 여기서 나가야 해요. 지금 당장!"

"네?"

오 선생도 얼빠진 눈으로 물었다.

"어서요!"

진우가 다급하게 소리쳤다.

"얘들아, 나가자. 자, 모두 여기서 나가!"

오 선생이 갑자기 정신을 차린 듯 팔을 벌려 바깥쪽으로 손짓하며 아이들에게 말했다. 어서, 어서, 하며 재촉했다. 그러면서도 그녀는 이진우를 계속 쳐다봤다.

"왜요? 별로 위험한 것도 없는데……."

남학생 하나가 뚱한 얼굴로 물었다.

"내 말대로 해. 어서 나가!"

"재밌어 죽겠는데, 왜 자꾸 나가라는 거예요?"

다른 녀석이 이죽거렸다.

"나가라면 나가! 당장!"

이진우가 위협하듯이 녀석에게 소리쳤다.

그 녀석과 함께 거기서 버티기로 작정했던 아이들이 입을 삐죽 내밀고선 몸을 돌려 걸었다. 그들이 손에 잡히는 대로 보리 몇 주를 바닥에서 뜯어냈다.

"그거 바닥에 내려놔."

아이들이 보리를 내팽개치며 보리밭을 걸어 나갔다. 몇 놈은 끝까지 주머니에 보리를 쑤셔 넣었다.

아이들이 모두 보리밭을 빠져나가자 이진우는 허리를 숙여 보리를 살폈다.

보리는 땅에서 10센티미터 정도의 높이에서 일정하게 꺾여 있었다. 판자나 줄 같은 걸로 눕혔다면 지면에서 완전히 꺾여야 한다. 도대체 누가 이런 일을 할 수 있을까?

진우는 원 바깥쪽으로 급히 걸어갔다. 서 있는 보리 하나를 뽑아 원 안쪽으로 가지고 갔다. 그는 쓰러진 보리를 뜯어 둘을 비교했다.

다른 건 별 차이가 없는데, 누운 보리는 줄기의 마디마디가 조금 커져 있었다. 다른 것들도 마찬가지였다. 누운 보리들은 모두 마디가 부풀어 올라 있었다. 그 외에는 별 차이가 없었다.

언덕 쪽에서 이 선생니임, 하는 소리가 들렸다. 진우가 돌아보았다. 경찰 두 명이 언덕을 내려오고 있었다. 진우는 보리를 땅에 던지고 경찰들을 향해 걸어갔다.

3화

Encounter

조우 3

“먼 일이단가? 담주가 추순디.”

“워떤 썩을 것들이 이 짓을 한 것이여?”

두 명의 경찰은 화부터 냈다. 그들은 어떤 썩을 것들이 다 익은 보리를 아작낸 것 외에는 어떠한 가능성도 짐작하지 않았다.

“그랑께, 두 분 슨상님들께서는 저그 저쪽 언덕배기에 아그들을 풀어놓고 바닷가에 가 계셨단 말씀이지라?”

키가 작고 배가 나온 경찰이 따지듯이 말했다. 그는 50대 초반쯤 돼 보였다. 함께 온 젊은 경찰은 별말이 없었다. 그는 보리밭을 이리저리 둘러보며 연신 사진을 찍었다.

"네, 그렇습니다."

"여그는 아그들만 있고?"

"네. 저는 먼저 바닷가에 가 있었고요. 오 선생님까지 함께 자리를 비운 건 한 20분 정도 됩니다. 그러니까 20분 만에 저게 생긴 겁니다."

그들은 진우의 말을 들은 체도 안 했다. 아이들의 장난을 확신하는 눈치였다.

"박가 할배 오므는 난리가 날 판인디……."

"박가 할배요?"

"아, 박가 할배라고, 여기 유지라. 이 밭도 그 어른 것이여. 그 양반 땅이 한정 없어. 땅 부자제. 천성이 농군이라 농사일만 갖고 아그들 대학도 보내고 시집장가 다 보내고 했구만. 갸들 둘째가 요 근처에서 펜션한다제? 크게 하는 갑더만. 야튼 그 냥반 쌀 한 톨 갖고 멱살잡이 허는 구두쇤디, 이거 보므는……. 인자 우짤라요?"

"어쩌다니요, 뭘요?"

"아, 추수 때 다 된 영근 보리밭을 이따구로 맹글었응께 말이시."

"우리 아이들이 저런 걸 만들었다고 생각하시는 겁니까? 저게 아이들이 할 수 있는 거로 보여요? 20분 만에?"

"그라믄, 여그 아그들 말고 누가 저걸 했겠소? 맑은 하늘에 태풍이 불었것소, 보리들이 저절로 캑 쓰러졌것소? 답답도 허요. 아그들 불러다가 빳따루다가 한 몇 대 갈기믄 알아서 불 것인디. 갸들 족쳐서 부모들헌테 변상하라 허소."

"일단 저기 밭 안쪽으로 가서 말씀하시죠. 사진 증거도 있으니까. 20분 만에 저걸 만들 수 있는 기술자가 있다면 저도 인정하겠습니다. 괜한 오해 마시고, 가서 증거를 찾아보시죠."

젊은 경찰은 벌써 원 안쪽으로 들어가 쓰러진 보리를 살펴보고 있었다.

"기가 막힌디요. 김 경사님, 여그 보릿단 나자빠진 것 좀 보쇼이. 나랏이 쓰러진 거이 먼 기구를 써야 이렇게 했을꼬 싶소."

젊은 경찰이 말했다. 그는 눈에 보이는 것에 관해서만 말했다.

"그란디 여그 원 안쪽으로 안 쓰러진 것들은 뭣 같소?"

젊은 경찰이 이진우에게 물었다.

"무슨 모양인 것 같구만. 꼭 아그들 놀이할 때 땅바닥에다 긋는 선 같구만."

이진우가 대답하려던 걸 나이 든 경찰이 대답했다. 그는 계속 아이들을 물고 늘어질 심산인 듯했다.

"여기 원 가장자리에 아이들 발자국은 좀 전에 여기 들어왔다가 생긴 겁니다."

이진우가 혹시나 하는 생각에 아이들의 발자국을 해명했다. 경찰들은 대꾸하지 않았다.

경찰들도 정교하게 누운 보리에 놀란 눈들이었다. 김 경사라 불리는 나이 든 경찰이 모자를 벗어 땀을 닦았다. 키가 큰 젊은 경찰은 계속해서 휴대폰으로 사진을 찍었다.

"이것이 와 이 지랄이란가?"

젊은 경찰이 먹통이 된 휴대폰 전원을 누르며 투덜거렸다.

"우리 아이들 것도 다 그렇게 됐습니다. 이 원 안에서는 휴대폰이 먹통이 되는가 봅니다. 전자파 같은 게 있을까 싶어 아이들을 다 내보냈어요."

경찰들이 걱정스런 눈으로 서로를 쳐다보았다. 이진우가 경찰들 앞에 나서서 보리를 주워 올렸다. 그가 좀 더 적극적으로 설명했다.

"여기 잘 보시면 땅에서 10여 센티미터 높이에서 보리들이 꺾여 있습니다. 사람이 널빤지 같은 걸로 억지로 눌렀다면 지면에서 꺾여야겠지요. 그런데 보리들이 지면 위 한 뼘 높이에서 일정하게 꺾여 있습니다. 그리고 보리들이 누운 형태를 잘 보세요. 회전하듯이 시계 반대 방향으로 누워 있죠?"

이진우가 낮은 자세로 앉아 손을 쫙 펼치며 원을 그렸다. 경찰들도 앉아서 보리를 살폈다.

"어떻습니까? 여기 함평군 고등학생들은 이렇게 정교하게 보리를 눕히는 기술을 가지고 있나요? 이렇게 정교한 원 형태로? 우리 아이들은 도시에서 자라 이런 건 절대로 못합니다."

"그라믄 슨상님 생각은 어떻소?"

젊은 경찰이 물었다.

"이런 건 과학적으로도 설명하기가 어려운데, 다른 곳에서도 가끔 나타납니다."

"다른 곳이라고라? 어데 말씀이요?"

나이 든 경찰이 물었다.

"영국이나 미국 같은 곳이요. 이런 걸 뭐라고 하느냐 하면……."

그때 이진우와 경찰들 머리 위로 윙윙거리는 소리가 들렸다. 축구공만 한 물체가 윙윙거리며 하늘을 날았다.

드론이었다. 이진우가 일어서서 언덕 중턱을 바라보았다.

변기태가 리모컨으로 드론을 조종하고 있었다. 아버지에게서 선물 받았다는 드론을 띄운 것이다.

드론은 보리밭 위로 20미터쯤 되는 높이에서 맴을 돌았다. 드론이 고도를 올렸다. 하늘 위로 작은 점이 될 때까지 올라갔다. 드론은 1분 정도 공중에 계속 머물렀다.

잠시 후, 드론이 하강하기 시작했다. 일정한 궤도를 그리던 드론은 몇 초 후 불규칙하게 회전했다. 날개 한쪽이 뜯겨진 잠자리 같았다. 갑자기 드론은 나선 운동을 멈추더니 땅으로 곤두박질쳤다. 드론은 바닥의 원을 벗어나 보리밭 한가운데로 추락했다. 퍽 하며 부서지는 소리가 났다.

"저 지랄들을 허니께 보리밭이 아작났제!"

나이 든 경찰이 입을 앙다물고 속 터지는 소리를 하며 혀를 찼다.

변기태가 언덕을 내려와 추락한 드론 쪽으로 달렸다. 남학생 몇몇이 함께 달려갔다.

"저, 저, 지랄들 하고 자빠졌네. 또 보리밭 망칠라고! 야, 야! 보리 안 밟구로 조심하라고!"

김 경사가 아이들에게 소리쳤다. 가까이 있으면 따귀라도 때릴 것처럼 화를 냈다.

"뭔 지랄 났다고 서울서 여그까지 와서 이 소동을 벌이요. 깔끔허게 변상하고 끝냅시다. 박가 할배한테는 내가 잘 말해줄 것인께."

김 경사가 땀을 닦으며 짜증을 부렸다.

"선생님, 이쪽으로 오세요. 보여드릴 게 있어요!"

기태가 보리밭 사이에서 일어나 이진우에게 손짓하며 소리쳤다. 진우가 그쪽으로 걸어갔다. 경찰들도 진우를 따랐다.

기태는 보리밭 밖에 서서 망가진 드론을 들어올렸다. 드론에는 네 개의 프로펠러가 달려 있었다. 여기저기 부서져서 부품들이 전선 가닥에 매달려 대롱거렸다. 기태가 드론에서 꺼낸 칩을 태블릿에 꽂았다.

아이들도 기태 가까이로 모여들었다. 오 선생도 걸어왔다. 이진우가 기태 옆에서 허리를 숙이고 화면을 들여다보았다.

"드론에 녹화 장치가 있어요. 방금 드론에서 찍은 영상이에요. 30초 단위로 영상이 찍혀요. 한번 보세요."

기태가 태블릿을 조작하면서 말했다. 하늘을 나는 화면은 울렁거렸다. 가까이서 보면 멀미가 날 것처럼 비틀거렸다. 오목렌즈로 사물을 볼 때처럼 굽은 모양이었다. 넓은 화각이 보리밭을 둥글게 비추었다.

"광각 렌즈라서 화면이 굽어 보이는 거예요. 넓은 화면이 나오면 괜찮을 거예요."

굽은 보리밭의 영상이 점점 넓어지면서, 기태 말대로 화면이 곧게 펼쳐지기 시작했다. 아까 드론이 고도를 높일 때의 영상인 것 같았다.

"자, 점점 더 높게 올라갈 거예요. 그러면 전체 모양이 나타나죠."

거기서 화면이 멈추었다. 기태는 2번째 파일을 클릭해 열었다. 이번에는 넓은 보리밭이 한눈에 들어왔다.

"여기 고도 표시가 311.6피트니까 한 100미터 정도 높이예요."

화면 아래쪽에는 드론의 비행 정보가 표시돼 나왔다. 화면을 보던 경찰들 눈이 크게 열렸다. 어떤 형상이 드러났다. 진우와 경찰 두 사람은 서로를 보다가 다시 화면을 보다가 하면서 놀란 표정을 지었다.

아이들도 쭈그려 앉은 기태 주변을 빙 둘러싸며 서로 화면을 보려고 파고들었다.

화면은 높은 고도에서 보리밭에 생긴 무늬를 비추었다. 그것은 원과 여러 가지 도형의 조합이었다. 커다란 원에 겹쳐진 사각형, 사각형의 꼭짓점마다 그려진 네 개의 작은 원, 그리고 큰 원 안쪽에 별이 있었다. 다섯 개의 선분이 교차하여 만들어낸 펜타그램. 정확한 직선과 원으로 그려진 도형들은 한 치의 오차도, 비틀림도 없었다.

"아그들아, 너들이 저걸 맹글었냐?"

나이 든 경찰이 고집을 꺾지 않고 집요하게 물었다.

"말도 안 돼."

"그럴 리가."

"우리가 저걸 어떻게 만들어요? 아저씬 저걸 만들 수 있어요? 저렇게 완벽한 원과 사각형과 별을요?"

"보리밭에 들어가서 보리를 꺾어서 저걸 만든다고요?"

"웃기는 소리 하시네!"

아이들의 말은 거의 조롱에 가까웠다. 그래도 김 경사는 태연했다.

"그라믄 느들 생각엔 저것이 머시다냐?"

대쪽 같은 목소리로 김 경사가 보리밭의 원을 가리키며 물었다.

"크롭 서클(Crop Circle)이라고 합니다."

이진우가 대답했다.

그 말이 무엇을 뜻하는지 알아들은 남자아이들은 금광을 발견한 농부처럼 순진한 얼굴에 강한 열망을 드러냈고, 여자아이들은 또 다른 동아리(서클)의 이름인가, 하는 생각으로 잠깐 혼동을 느꼈다. 오현미 선생은 홈쇼핑에서 낯선 신제품을 발견한 눈으로 호기심을 발산했다.

오 선생은 '크롭 서클'을 발음할 때 이진우의 입술을 보았다. 그녀의 눈에는 그가 상대성 이론을 설명하는 아인슈타인처럼 느껴졌다. 경찰들은……, 거의 아무것도 못 들은 사람들 같았다.

"유에프오(UFO) 현상과 관련 있는 건데 확실하진 않아요. 그래서 미스터리 서클이라고도 합니다."

"뭣이요? UFO라고라?"

김 경사가 기가 막힌다는 시늉을 했다.

"UFO?"

"비행접시?"

"외계인?"

"헐, 대박!"

SF 판타지 영화 같은 단어들이 아이들 입에서 튀어나왔다.

"꼭 그런 건 아니지만……, 어쨌든 과학적으로 설명이 안 되는 현상입니다. 드론이 공중에서 찍은 이 원과 정사각형의 조합은 수학적으로도 그리기가 매우 어려운 도형입니다. 아이들은 저런 걸 못 그려요."

"좌우지간 이건 농작물 피해와 관련 있는 사건이고, 목격자가 됐든 용의자가 됐든 이 선생은 우리허고 같이 박가 할배헌티 가야겄소. 같이 갑시다."

김 경사가 단호하게 말했다. 그는 누렇게 땟국물이 든 손수건으로 목둘레를 쓱쓱 닦았다.

이진우가 걱정스런 얼굴로 아이들을 돌아봤다. 오현미 선생은, 걱정하지 말고 다녀오라는 뜻으로 손짓했다. 이진우가 경찰들과 함께 언덕을 걸어올라 도로에 세워진 경찰차를 타고 떠났다.

중창단원들은 길가 전망대 주차장에 세워놓은 관광버스에 올라탔다. 갑자기 UFO 신봉자가 된 천문 동아리 아이들은 버스에 타지 않고 언덕 꼭대기를 서성이며 한참 동안 보리밭에 그려진 원과 사각형과 별을 내려다보았다.

4화

Encounter

조우 4

경찰차는 30분 후에 돌아왔다. 오후 5시, 낮의 온기가 사그라졌다.

이진우와 두 경찰이 먼저 내렸고, 박가 할배인 듯 보이는 노인이 나중에 내렸다. 노인의 검은 피부는 주름과 근육을 모두 품고 있었다. 팔뚝에는 도드라진 혈관이 징그럽게 꿈틀거렸다. 손톱이 거의 닳아 없어진 손가락들은 굵은 막대기 같았다.

노인은 성난 표정으로 성큼거리며 언덕을 올랐다. 그는 망가진 보리밭을 보았다. 육시럴, 하는 소리가 얼핏 들렸다. 경찰들이 고개를 푹 숙였다.

네 사람이 함께 보리밭을 향해 걸어갈 때쯤, 버스에 타고 있던 아이들은 창밖으로 그 광경을 지켜보았다. 하지만 차에서 내리지는 않았다. 서너 명의 아이들만 차에서 내려 현장으로 걸어갔다.

"할배요, 놀라지 마쇼잉."

김 경사가 말했다. 노인은 입술을 굳게 다물었다.

네 사람이 원 바깥에 섰다. 노인의 얼굴이 일그러졌다. 죽은 자식의 시체를 보는 눈이었다. 그는 말이 없었다.

10여 분 동안, 노인은 쓰러진 보리를 다시 일으켜 세우려고 시도해보기도 하고, 쓰러진 보리 아래 흙을 손으로 파내 만져 보기도 했다. 그는 신중한 과학자처럼 행동했다. 그리고 통 말이 없었다. 숨소리도 안 들렸다. 경찰들과 진우는 원 둘레에 서서 노인을 지켜보았다.

"땅이 말랐구마."

노인이 흙 묻은 손을 비비며 말했다.

"땅이요?" 진우가 물었다.

"이쪽하고 저쪽 흙을 좀 보소. 요 안쪽으로는 땅이 바짝 마르지 않았소?"

진우는 허리를 숙여 원 안쪽의 흙을 더듬어 파냈다. 정말로 수분이 하나도 없었다.

"아그들이 그란 게 아니구마."

노인이 손을 툭툭 털면서 말했다. 그가 원 가장자리에 앉아 담배를 물었다. 김 경사가 불을 대주었다. 노인의 코에서 폴폴 연기가 나왔다.

"그래도 할배요, 현장에는 저 학생들밖에 없었소. 즈그들끼리 놀믄서 먼 짓을 못 하겄소? 선상들은 연애질을 했는지 먼 짓을 했는지 아그들 다 냅두고 바닷가에 있었다 안 하요. 아그들이 아니믄 누가 이런 짓을 했것소? 여그 딱 붙들어놨응께 변상하라고 하믄 될 것 아니겄소? 안 그렇소, 할배?"

김 경사는 무슨 심통이 났는지 끝까지 이진우와 학생들을 물고 늘어졌다.

"아그들이 어쯔케 요로코롬 한당가? 말이 돼야제!"

노인이 인상을 잔뜩 찡그리고 언성을 높였다.

"할배는 요새 뉴스도 안 보요? 십 대들이 이보다 더한 짓거리도 한다고 안 허요? 서울 것들인께 더하지 않것소?"

"지랄은! 경태야, 너는 어릴 적에 저라고 놀았냐?"

노인이 김 경사의 이름을 부르며 크게 성을 냈다.

"밭에 불도 싸질르지 않았소?"

김 경사가 노인에게 대들듯이 말했다.

이진우는 김 경사의 고집을 이해할 것 같았다. 외계와도 같은 먼 도시에서 승냥이처럼 쳐들어와 고향을 짓뭉개버린 도시 사람들을 싫어하는 마음, 소중한 것을 잃어본 사람들은 늘 경계심을 갖게 마련이다. 노인이 김 경사를 호되게 나무라며 계속 말했다.

"그것이야 느들이 철없던 시절에 그랬제. 쟈들은 고등학생 아니냐? 저 다 큰 학상들이 돌대가리도 아니고 추수할 곡식에 낫을 댓겄냐 말이다. 그라고, 저걸 어쯔케 아그들이 했겄냐? 낫을 썼거냐, 도리깨를 썼것냐? 도깨비가 하지 않고서야 으쯔케 조로코롬 칼로 도려낸 것마냥 곡식을 꺾어내난 말이다. 사람이 상식이 있어야제. 쓰잘 데 없이 우기지 말고 학상들하고 슨상님 보내주그라. 끽해야 돈 백인디, 그것이 멋이라고……."

노인이 담뱃불에 침을 뱉어 불씨를 껐다. 김 경사는 더 이상 아무 말도 하지 않았다.

"슨상님, 신고해주시서 고맙소. 서울서 예까지 여행 다니러 온 분들 같은디, 발길 붙들어 죄송허요. 경태야, 나 좀 태워주그라. 고만 가자. 내일 아침 일찍 사람들 불러서 추수해불란다!"

노인이 옷을 툭툭 털면서 자리에서 일어났다. 노인이 진우에게 허리를 숙였다. 진우도 허리를 깊이 숙여 인사를 받았다.

노기가 가신 노인의 얼굴은 선해 보였다.

네 사람이 다시 언덕을 올랐다. 네 명의 아이들이 진우 주위에서 함께 걸었다.

“그란디, 해도 다 졌구만, 묵을 디는 정허셨소?” 노인이 물었다.

“예, 미리 예약해둔 곳이 있습니다.” 진우가 대답했다.

“안 그라믄 우리 집에 갈라요?”

“네? 저, 어르신 말씀은 참 고맙습니다만, 아이들이 워낙 많아서요. 다른 선생님하고 저를 포함해서 스물세 명이나 됩니다. 어르신 댁에 머물기는 좀…….”

“우리 둘째가 펜션 하지 않소? 바로 요 옆인디, 거기 묵을라요?”

“요 옆에요? 저희도 여기서 가까운 곳에 펜션을 잡았어요. 괜찮습니다. 어르신.”

“숙소 이름이 멋이요?”

“돌머리 펜션이라고요. 여기서 가깝습니다.”

노인이 발걸음을 딱 멈추었다.

“오마, 이것도 인연이구마. 우리 둘째 펜션이 거게요!”

노인이 한 손을 들어 힘차게 진우의 손을 잡고 흔들었다.

“네?”

진우도 노인의 손을 맞잡고 크게 웃었다. 노인도 따라 웃었다. 경찰들은 노인과 진우의 정감 어린 대화에서 소외되어 먼 우주의 혜성처럼 저만치 떨어져서 걸었다.

노인은 경찰차를 타고 돌아갔고, 진우는 아이들과 함께 버스를 타고 돌머리 펜션으로 이동했다. 바다가 하늘의 빛을 받아 붉게 출렁였다.

숙소에 도착해 짐을 풀고 아이들 방을 배정하느라 시간이 훌쩍 지나갔다. 오후 8시가 다 돼서야 저녁을 먹었다.

박가 할배라 불리는 노인이 둘째 아들네 펜션으로 돼지고기 스무 근을 보내왔다.

"이거 저, 아버님이 쏘시는 거예요. 많이들 드세요."

펜션 안주인이 환하게 웃으면서 몇 접시 가득 고기를 담아 가져왔다. 40대 초반쯤 돼 보였다. 얼굴이 웃는 상이고 말씨가 부드러웠다. 고기를 불판에 올려놓으며 아이들과 농담을 주고받기도 했다. 노인의 며느리일 것이다. 복 많은 노인이다.

안주인은 나갈 생각을 않고 쭈뼛거렸다. 그녀가 자꾸 이진우를 쳐다봤다.

"사장님, 혹시 무슨 하실 말씀이라도?"

진우가 그녀에게 다가가 넌지시 물었다.

"저희 아버님께서 부탁하신 일이 있어서요. 잠깐 얘기 좀 드려도 될까요?"

진우는 안주인을 따라 한쪽으로 자리를 옮겼다. 그녀가 손을 모으고 조심스럽게 말했다.

"오늘 그 밭에 생겼다는 거요. 그게 딴 데 알려지면 곤란해서요. 아버님이 아무한테도 말하지 말아달라고 부탁하라 하셨어요."

진우가 무슨 말인지 알 것 같다는 표정으로 고개를 끄덕였다. 말이 통한다 싶었는지 그녀가 설명을 덧붙였다.

"아무래도 그런 게 다른 데 알려지면, 뭐, 뉴스 같은 거, 방송국에서 나오고 그러면 생업에 지장이 있으니까, 아버님께서 각별히 주의해달라 부탁하셨어요. 내일 새벽부터 사람들 부려서 그 밭을 추수해버리고 싹 갈아엎으신대요. 그때까지만이라도 얘기가 새 나가지 않게 해달라고……."

"무슨 말씀인지 잘 알겠습니다. 그렇지 않아도 저도 애들한테 버스에서 얘기했어요. 학교에 알려지면 무슨 사고가 난 줄 알고 놀랄 테니까요. 사실 따지고 보면 아무 일도 없었거든요. 다친 애들도 없고. 제가 아이들한테 알아듣게 얘기하겠습니다."

"고맙습니다, 선생님. 잘 부탁드려요. 저희 아버님께서 아이들 보고 무척 좋아하셨어요."

그녀는 아이들 쪽으로 고개를 돌렸다. 입가의 웃음이 흐릿하게 사라졌다. 그녀의 굳은 얼굴을 보고 진우가 조심스럽게 물었다.

"아이들이 너무 시끄럽죠?"

"아, 아니에요." 그녀는 손사래를 쳤다. "저만할 땐 다 그렇죠."

무슨 이유에서인지 맥없이 처진 어깨 너머로 아이들을 돌아보며 그녀가 빙긋이 웃었다. "그럼 많이 드시고 푹 쉬세요." 안주인은 이진우에게 허리를 숙여 인사하고는 방을 나갔다.

아이들은 정신없이 먹었다. 불판에서 고기가 회색으로 변하기만 하면 젓가락을 들었다. 석 달 정도 바다 위를 표류하다가 구조된 해적들 같았다. 오후 내내 잔뜩 졸아 있던 마음이 풀렸는지 큰 소리로 떠들면서 신나게 먹었다.

다 먹은 후에는 노래방 기계 앞에서 난장을 벌였다. 주로 여학생들이 노래를 부르고 춤을 추었다. 그녀들은 중창단이 아닌가.

남학생들은 여자애들 앞에서 기가 죽어 노래를 부르지도

못했다. 그들은 아직 작동되는 휴대폰으로 크롬 서클을 찾아 검색하며 연방 와와 소리를 냈다.

변기태와 김철산은 사이다 잔을 들고 러브샷을 하며 화해했다. 변기태는 눈두덩이가 부어올라 네안데르탈인처럼 보였다. 김철산이 기태의 멍든 눈에 뽀뽀했다. 아이들은 사이다를 먹고도 취하나 보다, 이진우는 그렇게 생각했다.

"이 선생님, 고생하셨어요."

오현미 선생이 이진우의 잔에 소주를 따랐다. 두 사람은 따로 먹을 걸 들고 나와 마당 평상 위에 앉았다.

"제가 뭘요. 저보다 선생님이 더 고생하셨죠. 많이 놀라셨죠?"

진우는 받은 술잔을 한 번에 비웠다. 그러고는 그녀의 잔을 향해 술병을 들었다.

"전 술 못 마셔요."

그녀가 쑥스럽게 웃으며 잔을 들었다. 분홍색 트레이닝복에 머리띠를 하고 있었다. 넓은 이마와 깨끗한 얼굴이 어둠 속에서도 빛났다.

그녀는 양반다리를 하고 앉아 허리를 곧게 편 자세로 술을 받았다. 그 때문에 잘록한 허리와 부푼 가슴이 대조를 이루었다. 진우의 얼굴이 갑자기 확 하고 달아올랐다. 한 잔 술에 취했나, 그녀가 귀엽게 보였다. 화장은 지우지 않은 얼굴이었다.

"잔만 받으세요."

진우가 그녀의 잔을 채웠다.

"그런데 크롭 서클이란 거, 누가 장난 친 거 아닐까요?"

오 선생이 술잔에 입만 살짝 대면서 물었다.

"대부분은 그렇다고 해요. 중세 시대에는 요정의 반지로 알려졌죠. 사악한 요정이나 마녀가 장난친 거라고 생각했대요. 학계에 정식으로 보고된 건 1946년, 그때부터 헤아린 크롭 서클이 1만 개 정도예요. 1만 한 개겠군요. 오늘 것까지 합치면. 그중 절반은 사람이 만든 거래요. 크롭 서클 아티스트도 있어요. 나무 막대기하고 밧줄을 이용해 밭에 크롭 서클을 만들어놓고 도망치죠."

숙소에서 큰 박수 소리가 들렸다. 진우가 그쪽으로 고개를 돌렸다. 혹시 저 녀석들이 밭에다 장난친 걸까 하고 생각했다가, 말도 안 돼 하는 표정으로 머리를 흔들었다. 오 선생은 아직도 진지한 얼굴이었다. 그녀가 젓가락을 입에 물고 물었다.

"그럼, 나머지 절반은요? 사람이 한 게 아니라는 걸 어떻게 알죠?"

"오늘 우리가 본 것하고 비슷해요. 도저히 사람이 할 수 없을 정도로 정교해요. 그중에 일부는 기하학 전공자들이 연구

할 만큼 기술 수준이 높은 도형들이에요."

"원과 사각형과 별이요? 그게 수준 높은 기술이라고요?"

"그 모양은 여러 번 나타났었어요. 그게 참 단순해 보여도 그리기가 어려워요. 원 둘레와 사각형의 둘레가 똑같은 두 가지 도형을 그리는 건 수학적으로 불가능하다고 알려져 있죠. 작도 불능 도형. 대수를 쓰면 계산을 할 수 있는데, 자나 컴퍼스로는 그걸 그리는 게 불가능하죠. 그런데 일부 크롭 서클은 그걸 현실적으로 보여주고 있어요. 그걸 연구하는 학자들이 있어요. 정말로 원 둘레와 사각형의 둘레가 똑같다고 해요. 그걸 어떻게 밭에다 그렸는지, 참……. 매년 여름이면 크롭 서클 연구자들이 여기저기 몰려 다녀요. 곡식이 익을 때쯤 그게 나타나거든요."

"선생님은 그걸 어떻게 다 아세요? 혹시 선생님이 그 학자들 중 한 명 아니세요? 크롭 서클을 연구하는 사람들?"

"저요? 전 아니에요. 그냥 예전에 책에서 봤을 뿐이에요."

"아까 그 책? 뭐였더라?"

"『창백한 푸른 점』."

"아, 맞다. 공포소설 제목 같은 책. 그 책에도 UFO 얘기가 나오나요?"

"아뇨. 대신에 이런 말이 있죠. '이 넓은 우주에 우리만 산다는 건 끔찍한 공간의 낭비가 아닌가?' 칼 세이건. 정말 멋진 말이죠?"

"냉장고 광고 카피 같은데요? 공간 낭비를 최소화한 실속형 냉장고!"

냉장고 광고 모델처럼 검지를 알차게 치켜들고 오 선생이 말했다. 진우가 큰 소리로 웃었다. 그녀도 웃었다. 하얀 이가 드러났다.

"선생님은 외계인이 정말 있다고 생각하세요?" 오 선생이 물었다.

"없다고 생각하진 않죠."

"그럼 외계인이 정말 있나요?"

"어딘가에는 있겠죠. 저곳은 정말 넓으니까." 진우가 고개를 들어 밤하늘을 보았다.

검은 하늘에 엷은 해무가 끼었다. 크고 둥근 달무리가 떴다. 활짝 열린 천궁이 별을 쏟아내는 초여름의 밤이었다.

개구리 우는 소리에 귀가 어지러웠다. 진우는 오 선생을 보면서 잠깐, 갈망 비슷한 것을 느꼈다. 일부러 그랬는지, 그녀가 큰 눈을 별처럼 깜빡이며 진우를 쳐다보았다. 진우의 눈이 그녀의 눈과 마주쳤다. 개구리 소리 외에는 아무 소리도 들리지 않았다.

갑자기 진우가 벌떡 일어섰다. 오 선생이 깜짝 놀라 뒤로 물러나 앉았다. 이건 뭐지, 하는 눈.

"아이들이 조용해요."

진우가 또 반사적으로 몸을 날려 숙소로 달려갔다. 그가 방문을 확 열어젖혔다.

방은 어두웠다. 어두운 방에서 악, 아아악, 엄마야, 하는 비명 소리가 들렸다. 진우는 두려움에 가득 차, 벽의 전등을 더듬거리는 손으로 찾았다.

방의 불이 켜졌다. 아이들이 서로 부둥켜안고 바들바들 떨고 있었다. 남학생과 여학생이 끌어안고 있기도 했다. 그들은 깜짝 놀라 떨어졌다.

"왜? 또 무슨 일이야?"

진우가 소리치며 물었다.

"선생님, 그렇게 갑자기 문을 열면 어떻게 해요?"

여학생 하나가 날카롭게 외쳤다.

"왜? 왜들 그래?"

"귀신 얘기 하고 있었단 말이에요. 정말 중요한 순간이었는데. 어으, 나 아직도 살 떨려."

"정말, 심장 멎는 줄 알았네."

"야, 이치훈, 치훈아, 왜 그래?"

저쪽 구석에 앉아 있던 남학생이 이치훈을 흔들면서 소리쳤다. 진우가 그쪽으로 달려갔다. 이치훈이 방바닥에 쓰러져 있었다. 아이들이 갑자기 사색이 되어 그쪽을 쳐다봤다.

진우가 치훈의 얼굴을 살폈다. 눈꺼풀을 들어 올리며 동공을 들여다봤다.

"왜 그러세요?"

치훈이 눈을 부비며 일어났다.

"이치훈, 괜찮아?"

"네, 잠깐 잠이 들었어요. 선생님, 저 너무 졸려요."

진우가 맥없이 웃었다. 11시 30분이었다.

"자, 이제 다들 잠자리에 들 시간이야. 오늘 일정은 이걸로 끝. 내일 아침엔 7시 기상이야. 늦잠 자는 녀석은 보리밭에 놓고 간다!"

진우가 어지러운 자리를 둘러보며 소리쳤다.

"치우는 건 내일 하고 오늘은 그냥 양치만 하고 자. 여학생들은 여학생 숙소로 이동해. 얘들아, 잘 자. 내일 봐."

오 선생이 진우 뒤에서 해맑은 웃음으로 손을 흔들며 말했다.

쑥대밭처럼 헝클어져 있던 보리밭보다 더 쑥대밭이 된 거대한 밥상이, 삼겹살 비린내를 가득 머금고 차갑게 식어 있었다.

파리들이 UFO처럼 어지럽게 밥상 위를 날았다.

5화

Encounter

조우 5

새벽 1시 30분. 진우가 조용히 몸을 일으켰다. 남자 숙소는 코 고는 소리로 요란했다. 어둠이 깊어 아무것도 볼 수 없었다.

진우가 손의 촉각만으로 몸을 움직여 옷을 입었다. 가방에서 헤드 랜턴을 꺼내 손에 들고 조용히 방문을 열었다. 짧은 복도를 지나 마당으로 연결된 문을 열었다. 삐걱 하는 소리가 났다. 진우는 소리를 내지 않으려 애쓰며 문을 닫았다.

운동화의 끈을 꽉 조였다. 마당에는 자갈이 깔려 있어 걸을 때마다 사그락거리는 소리가 났다. 진우는 최대한 발소리를 죽이며 펜션 입구까지 걸어갔다. 거기서부터는 포장 도로였다. 그는 빠른 걸음으로 마을길을 걸었다.

보리밭까지는 3킬로미터 정도. 빨리 걸으면 40분이면 갈 수 있는 거리다. 헤드 랜턴의 고무 밴드를 꽉 조이고 발길을 재촉했다.

30분 후, 진우는 별이 쏟아지는 보리밭 한가운데 섰다. 뛰다시피 하며 걸어온 탓에 숨이 차오르고 몸이 땀으로 젖었다.

'이걸 갈아엎는다고?'

아깝다는 생각이 들었다. 어차피 보리가 여물어 시들고 나면 사라지겠지만, 그래도 할 수만 있다면 그대로 보존하고 싶었다. 돈이 있다면 그 보리밭을 통째로 사고 싶은 심정이었다.

'보리밭에 크롭 서클이라니!'

아무에게도 말하지 않았지만 진우는 무척 흥분했다. 낮에 있었던 일 이후로 그의 머릿속은 온통 크롭 서클 생각뿐이었다.

진우는 헤드 랜턴을 껐다. 그리고 크롭 서클 한가운데에, 납작하게 누운 보리들 위에 팔을 베고 드러누웠다. 빛이 전혀 없었다. 별들은 검은 종이에 뚫린 미세한 구멍 같았다.

그는 진지한 과학도였다. 진지한 과학도에게 가장 흥분되는 일은, 과학으로 무언가를 설명할 때가 아니다. 과학으로는 설명할 수 없는 일을 만났을 때가 가장 짜릿하다. 그것은 이

성적으로 설명할 수 없는 감정을 느끼는 것과 같다. 이를 테면, 첫 키스를 나누는 느낌이랄까.

정말로 UFO가 다녀갔을까? 도대체 누가 이렇게 정교한 예술 작품을 그려놓은 걸까? 외계인이었다면, 어떤 의미로 무슨 메시지를 전하려 한 걸까? 그들은 우리를 보았을까? 들판을 뒹구는 고등학생들이 무서웠던 걸까? 쑥스러웠을까, 왜 아무런 말도 없이 괴상한 그림 몇 개만 달랑 남겨놓고 사라진 걸까……?

온갖 질문이 어지럽게 머릿속을 맴돌았다. 간간이 불어오는 해풍에 땀이 식었다. 밤은 깊고 어두웠다. 별들은 낱낱이 빛났다. 어디선가 고요한 노랫소리가 들려오는 듯했다.

진우가 상체를 일으켜 세웠다. 정말로 노랫소리가 들렸다. 사방의 모든 곳에서 노랫소리가 들리는 것 같았다. 시야가 사라진 벌판에서 청각은 방향을 잃는다. 진우가 일어서서 노랫소리에 귀를 기울였다.

소리는 점점 커졌다. 여자의 음성 같기도 하고 남자의 음성 같기도 하고 혹은 그것이 둘 다 섞여서 들리는 것 같기도 했다. 노랫소리가 좀 더 또렷해졌을 때 진우는 소리의 방향을 잡았다. 언덕 쪽에서 들리는 소리였다.

잠시 후 노랫소리가 언덕 위로 올라왔다. 여자와 남자가 함께 부르는 노래였다. 그건……, 그 노래는……, 버스커버스커의 '벚꽃 엔딩'이었다.

이런 제길, 아이들이다!

언덕에서 아래쪽으로 손전등 불빛이 꿈틀거리며 내려왔다. 아이들도 궁금했던 모양이다.

'하긴. 그 나이에 이런 걸 보면 정말 흥분되지. 이제 곧 외계인의 침략이 시작된다고 생각할지도 몰라. 수능 안 봐도 되고 좋겠다, 그런 생각들을 하겠지. UFO라, 얼마나 환상적이고 낭만적인가!'

가만, 그런데 내가 여기 있다는 걸 걔네들이 알까? 갑자기 마주치면 아이들이 많이 놀랄 텐데, 하고 생각한 순간, 저 앞에서 여자아이 하나가 꺅, 하고 소리를 질렀다.

"외계인이다! 악!"

"어디, 어디?"

아이들이 작은 소란을 피웠다. 저쪽에서 누군가가 진우를 발견한 모양이었다. 어둠 속에서 보리밭 한가운데 서 있는 사람의 실루엣을 봤으니 얼마나 놀랐을까.

"어이, 이쪽이야!"

진우가 태평스럽게 소리 질렀다. 소란이 멎었다. 아이들의 웃음소리가 들렸다. 그들이 진우 쪽으로 달려왔다.

"조심해. 넘어질라!"

진우가 랜턴을 들어 길을 비추었다.

하나, 둘, 셋, 넷……, 아이들의 모습이 보일 때마다 진우가 숫자를 헤아렸다. 모두 일곱 명.

"요놈들, 여기서 뭐해!"

"그러는 선생님은요?"

"나야 어른이니까."

"크롭 서클도 19금인가요?"

당돌한 질문이 어둠을 갈랐다. 아이들이 크게 웃었다.

"좋아. 이것도 과학 공부지. 크롭 서클 보면서 도형과 기하 공부하자."

우우우, 아이들이 야유를 날렸다. 진우가 낄낄거렸다.

"알았어, 알았어. 그럼 여기서 별이나 보자. 이리 와. 내가 좋은 자리 잡아놨어."

아이들이 행복하게 웃었다.

"누가 왔나 신고해봐. 인원 체크해야 되니까. 그래야 외계인한테 납치되면 그게 누군지 알지. 차례대로 자기 이름 말해."

아이들이 키득거렸다.

"저, 최동훈이요."

"김철산!"

"철산이한테 맞은 변기태!"

"고인아요."

여학생 목소리였다.

"어? 중창단 애들도 왔어? 크롭 서클 관찰은…… 음악 활동은 아닌 것 같은데?"

여자애들이 왔다는 걸 알면서도 진우가 물었다.

"아까 노래 불렀잖아요. 밤에 노래하면 목소리가 얼마나 곱게 들리는데. 외계인 만나면 노래 불러줄 거예요."

고인아가 말했다. 아이들이 웃었다.

"우도윤, 저도 중창단!"

"목소리 죽이네, 또?" 진우가 분위기를 띄웠다.

"저, 박에스더요."

"저도 왔어요. 이치훈."

"치훈이도 왔어? 잠 온다고 젤 먼저 뻗어놓고선."

"아까 잠 많이 잤어요."

웃음이 끊이지 않았다. 학교에서는 좀비 같던 아이들이었다. 꽃노래를 부르며 새벽길을 걸었다. 아이들은 바다와 하늘밖에 없는 보리밭에 앉아 별빛을 받았다. 모두들 파닥거리는 싱싱한 물고기 같았다.

"모두 일곱 명?"

“네~!” 아이들이 큰 소리로 대답했다.

“좋았어!”

진우가 크게 소리쳤다. 아이들은 행복하게 웃었다.

그러다가 천천히 웃음이 멎었다.

다시 고요한 밤.

“이제 뭐 할까?”

할 말이 다 떨어진 과학 선생이 멋쩍게 물었다.

“과학 얘기나 해줘요. 샘은 그것 말고 아는 얘기가 별로 없잖아요.”

최동훈이 말했다.

“자식, 어떻게 알았어?”

“뻔하죠.”

“첫사랑 얘기 해주세요!”

고인아일 것 같은 여자애가 소리쳤다. 아이들이 함성을 지르며 부추겼다.

“첫사랑? 왜 여자들은 첫사랑에 그렇게 집착하지?”

“이루어지지 않았으니까. 첫사랑은 대부분 그렇잖아요.”

차분한 목소리로 여학생 하나가 말했다.

“누구니? 그 비밀을 깨달은 자는?” 진우가 물었다.

“박에스더래요. 전 우도윤이구요.”

"좋았어. 지금부터 저 누구예요, 하면서 말해. 박에스더가 뭘 좀 아는구만. 그렇지 첫사랑은 이루어지지 않지. 하지만 말이다. 난 예외란다."

"우와~!"

아이들이 야유 비슷한 함성을 질렀다.

"그럼 샘은 첫사랑하고 지금까지 오고 있는 거예요? 저 고인아예요."

"그렇진 않아."

"그럼 뭐예요? 지금까지 이어지지 않았으면 헤어진 거네."

입을 삐죽 내민 것 같은 소리로 누가 말했다.

"아참, 저 우도윤이에요."

"난 말이다." 진우가 목소리를 낮게 깔면서 말했다. "첫사랑이 없어. 그러니까 헤어지지도 않은 거야."

갑자기 싸한 침묵이 번졌다.

"웁스!"

"오, 저런!"

"불쌍해라."

"어디 문제 있는 거임?"

"어릴 때 트라우마?"

"혹시 오이디푸스 콤플렉스?"

온갖 반응이 터졌다. 그대로 놔두면, 성정체성에 성불구 얘기까지 나올 것 같았다.

"좋아, 좋아, 그만들 해. 사실대로 말할 테니까. 그래, 좋아. 어디 보자."

진우가 느긋하게 한숨을 쉬며 보리밭에 드러누웠다. 아이들도 따라 누웠다.

"그러니까 그 첫사랑이 말이지, 그게 언제였느냐 하면……, 와, 저기 별 좀 봐라, 얘들아. 저기 저게 큰곰자리야."

"쌔애앰, 말 돌리지 마시구요."

"알았어, 알았다니까. 한다니까. 그러니까 그때는 아주 추운 겨울이었어."

"샘, 저게 뭐죠?" 누가 물었다.

"큰곰자리라니까."

"아니요, 그거 말고 저거요."

"아, 진짜! 이 자식들 첫사랑 얘기 한다니까 왜 이렇게 떠들어? 나 지금 진지하거든!"

진우가 아이들 쪽으로 얼굴을 돌리면서 얘기했다.

"가만있어봐요, 샘. 얘들아, 저게 뭐야?"

아이들이 하나둘 자리에서 일어섰다. 이진우는 가장 늦게 일어섰다. 변기태가 어둠 속에서 하늘을 가리켰다.

"별이 움직여요."

"어디, 어디?"

"저길 봐."

아이들이 고개를 들어 밤하늘을 보았다.

"가끔은 인공위성이 보이기도 해. 낮은 고도에 떠 있는 인공위성은 육안으로……, 보이기도…… 해."

진우가 자꾸만 아이들을 보면서 지껄이자 김철산이 억센 손으로 진우의 머리를 잡고 하늘을 향하게 했다.

진우도 하늘에서 움직이는 별을 보았다. 그는 그 움직이는 별에 시선을 빼앗겨 더 이상 아무 말도 하지 못했다. 그것은 별인 것도 같고 별이 아닌 것도 같았다. 별처럼 빛났지만 그것은 분명 별 사이를 움직이고 있었다.

북쪽에서 남쪽 방향으로, 정확하게는 남남서 방향으로, 별 혹은, 미확인비행물체(unidentified flying object)가 천천히 움직였다.

진우와 아이들은 모두 얼어붙어 아무 말도 하지 못했다. 그것은 아주 작은 빛이었으며 일정한 속도로 움직였다. 설마 저게……, 하고 생각한 순간, 그 물체가 진행 방향으로 더 빨리 움직였다.

다시 반대 방향으로, 직각으로 꺾였다가 아래로 내려오는 듯하다가 갑자기 멈추고 또 움직였다. 그것은 표현 불가능하고 예측하기 힘든 움직임이었다. 춤을 추는 것 같기도 했고, 추락하는 것 같기도 했다.

갑자기 그것이 딱 멈추어 섰다. 별빛 속에 숨은 것 같았다. 쑥스러워 몸을 드러내지 않으려는 꼬마 아이처럼, 움직이던 작은 불빛이 자취를 감추었다.

"어디로 갔지?" 진우가 물었다.

"조용히, 샘. 조용히!" 누군가가 말했다.

그때였다. 별빛으로 보이는 물체가 보다 밝은 섬광을 발했다. 불빛은 순식간에 대여섯 개로 갈라졌다. 어지러운 곡선을 그리며 대여섯 개, 혹은 그보다 많은 불빛들이 둥글게 회전했다.

"무서워." 우도윤이 말했다.

"아니야, 아름다워." 박에스더가 말했다.

"저건 궤도 운동이 아니야." 진우가 말했다.

"무슨 말이죠?" 변기태가 물었다.

"궤도 운동은 관성 때문에 나타나는 거야. 저건 궤도 운동이 아니야."

"아, 씨, 그러니까 그게 무슨 말이냐고요?"

김철산이 짜증 섞인 목소리로 물었다.

"그러니까 저건……, 중력의 영향을 받지 않는다는 말이야."

"그럼, 저게…… UFO?"

"말 그대로 미확인비행물체야."

과학 선생님의 차분한 말에 여자애들이 비명에 가까운 소리를 질렀다. 여학생들 옆에 서 있던 김철산은 그들 어깨에 손을 얹고 달랬다. 그는 UFO보다 여학생들에게 더 관심을 보였다.

바로 그때, 여러 개로 흩어져 있던 불빛이 하나로 합쳐졌다. 그것은 천천히 커졌다. 전구만 했다가, 보름달 크기로 커졌다. 불빛은 점점 보리밭을 향해 다가왔다.

처음에는 그것이 크롭 서클 쪽으로 다가온다는 생각을 하지 못했는데 그 불빛이 더 커지고 있음을 안 순간부터는 그것이 이쪽으로 다가오고 있음이 확실해 보였다. 점점 속도가 붙었다.

"여기서 나가야 해. 얘들아, 빨리 뛰어. 달아나!"

이진우가 다급하게 소리쳤다.

아이들은 그 자리에 얼어붙어 움직이지 못했다. 진우가 뒤에서 아이들을 밀었다. 아이들은 고개를 돌려 진우를 보았다가, 머리를 들어 불빛을 보았다가, 앞으로 달려나가려다가 그

자리에 주저앉았다.

아이들이 공포에 찬 소리로 훌쩍거렸다. "무서워요!"

"선생님, 어딨어요? 앞이 안 보여!"

"왜 이렇게 밝지?"

"이게 뭐야?"

"땅 밑이, 땅이……"

"뗄 수가 없어. 샘, 땅이, 땅이……"

"땅이 떠올라요!"

"얘들아, 손을 잡아. 어서!"

진우가 소리쳤다. 아이들은 손을 잡으려고 했지만 불빛이 너무 밝아 한 손으로 눈을 가려야 했다. 잡았던 손들이 다시 떨어졌다.

땅에서 빛이 솟았다. 크롭 서클에 그려진 커다란 동그라미가 하늘을 향해 빛을 내뿜었다. 아이들은 불빛 기둥 안에 갇힌 꼴이 되었다. 두 손으로 눈을 가렸다. 하얀 빛이 손바닥을 파고들었다. 공포에 질린 아이들이 입을 쫙 벌려 소리를 질렀다.

하늘에서 내려오던 불빛이 둥글게 부풀었다. 그것이 아이들에게 다가왔다. 크롭 서클에서 솟아오르던 불빛의 기둥은 이제 하늘 위의 둥근 물체와 만나면서 빛의 폭포를 이루었다.

"무슨 소리가 들려."

박에스더가 말했다. 에스더는 눈을 가리지 않고 하늘을 올려다보았다.

"얘들아, 저기 봐. 눈이 부시지 않아."

에스더가 아이들을 돌아보며 말했다. 아이들이 하나둘 고개를 들었다. 머리 위의 불빛은 정말 굉장히 밝게 빛났지만 눈이 부시지 않았다. 뭘 제대로 보고 있는지조차 알 수 없었다. 눈을 감은 건지 뜨고 있는 건지도 알 수 없었다.

"소리가 들려. 안 들리니?" 에스더가 말했다.

"무슨 소리?"

"우리가…… 공중에 떠 있어."

누군가 그렇게 말했다. 그 말은 자신들이 하늘 위를 날고 있다는 말이었다.

"아냐! 땅이 꺼졌어!"

땅에 묻혔다는 말이다. 하늘로 솟아오르거나 땅속으로 꺼지거나 둘 중 하나일 테지만, 뭐가 뭔지 불분명했다. 사실 그들은 아무것도 볼 수 없었다. 그냥 어지럽고 속이 메스꺼울 뿐이었다.

"얘들아, 자세를 낮춰. 자리에 앉아. 무릎으로 얼굴을 가려. 전부 제자리에 앉아. 거길 쳐다보지 마!"

유일하게 정신을 차리고 있는 사람은 이진우 선생이었다. 하지만 그 역시 언젠가 군대에서 배운 '핵 공격 시 대피 요령' 외에는 아무것도 생각나지 않았다. (그러니까 방금 저 말은 핵폭탄이 터질 때 취해야 할 기본자세다. 도대체 저렇게 하면 살아남을 거라고 생각한 사람이 있다는 게 신기하지 않은가.) 아이들은 선생님 말대로 했다. 자세를 낮추고, 자리에 앉아, 무릎으로……. 그 다음엔 뭘 해야 하지? 진우는 갑자기 머리가 하얘졌다.

박에스더만 여전히 일어서서 머리 위의 불빛을 쳐다보았다. "소리가 들려." 그녀가 말했다.

"나도 소리가 들려." 우도윤이 무릎으로 얼굴을 가린 채 말했다.

"무슨 소리가 들린다는 거야? 난 아무것도 안 들려!"

고인아가 옆에 있는 우도윤을 발로 차며 말했다.

"몰라, 하지만 뭔가가 들려. 그건, 그건……."

"일어서지 마. 절대로 일어서지 마. 도윤아, 그대로 가만히 있어!"

고인아가 우도윤의 옷자락을 꼭 잡았다.

빛이 위에서 그리고 아래에서 쏟아지고 솟아올랐다. 낮게 웅웅거리는 소리가 들렸다. 수도사들의 기도 소리 같았다.

"몸을 더 웅크려!"

진우가 외쳤다. 겨우 생각해낸 말이다. 그것 말고는 방법이 없었다. 그렇다고 엎드리라고 말할 수는 없지 않나. 바닥에서도 불빛이 작렬하는 마당에.

하지만 방금 그 말은 아무도 듣지 못했다. 소리가 안 들렸다. 진우와 아이들이 입을 벌려 뭐라고 외쳤지만 아무도 서로의 소리를 들을 수 없었다. 빛이 소리를 냈다. 우우웅 하는 소리였다. 귀에서는 그 소리만 들렸다.

소리가 사라지자 엄청난 공포가 밀려왔다. 서로 몸을 끌어안고 버둥거렸다. 아무리 외쳐도 그들은 자신들이 느끼는 공포를 표현할 수 없었다.

여학생 하나가 거의 기절할 것처럼 몸을 흐느적거렸다. 하지만 그녀를 붙들어주는 친구들이 없었다. 아무도 그녀를 보지 못했다. 눈앞이 밝아졌다. 밝은 빛 때문에 어둠이 찾아왔다. 밝은 빛이 눈을 가렸다.

옆으로 손을 뻗으면 겁을 먹어 울고 있는 친구들이 만져졌다. 있는 힘껏 서로를 향해 소리를 질렀지만 아무 소리도 들리지 않았다. 심지어 자기 자신이 지르는 소리조차 들을 수 없었다. 귓속에는 단지 우우웅 하며 우는 소리만 들릴 뿐이었다.

진우는 사방으로 손을 휘저으며 잡히는 아이들마다 머리를 끌어안고 뭐라고 말했다. 하지만 그 소리는 조용한 빛 속에 묻혔다.

순간, 고막을 때리는 듯한 소리가 들렸다. 아이들은 제 머리를 감싸 쥐고 바닥에 쓰러졌다. 진우는 아이들을 향해 팔을 뻗었지만 더 이상 그들을 붙잡을 수 없었다. 차갑지도, 뜨겁지도 않은 빛 속에서 이진우와 일곱 명의 아이들은 몸에서 힘이 빠지는 걸 느꼈다. 가위에 눌린 것처럼 움직일 수 없었다.

그들은 어둠과도 같은 밝은 빛 속에서 정신을 잃었다.

6화

Missing

실종 1

박 노인은 기침을 하다가 잠에서 깼다.

새벽 4시. 밖은 아직 어두웠다. 그는 자리에 앉아 굳은 무릎 관절을 오므렸다 폈다 하면서 가벼운 기지개를 켰다. 아내는 몸을 옆으로 돌린 채 잠들어 있었다.

그는 자리에서 일어나 발을 방바닥에 대고 끌면서 천천히 걸어 나가 거실 커튼을 젖혔다. 하얀 안개가 어둠을 덮고 있었다.

그는 주방으로 가 차가운 물을 한 잔 마셨다. 쇠스랑으로 바닥 긁는 소리를 내던 기침이 잦아들었다.

박 노인의 아내가 방문을 열고 나왔다.

"뭔 일이다요? 갑자기 보리 추수를 한다고."

아내는 쌀 씻는 대야를 물로 헹귀내며 어젯밤에 했던 말을 또 했다. 박 노인은 아무런 대꾸도 안 했다.

"놉들 참허고 점심 잘 챙겨." 박 노인이 말했다.

"그란께 하는 말이시. 갑작스레 추수를 한다고 헌께, 이 아침에 어데 가서 찬거리를 얻소? 장도 보고 허구로 진즉에 말을 혀줘야 할 것 아니요."

에흠, 에흠, 박 노인은 기침만 잔뜩 해댔다. 재떨이를 손에 들고 거실에 앉아 담배를 빼끔거렸다.

박 노인은 망가진 보리밭 얘기를 아내에게 하지 않았다. 다행히 그쪽은 인가가 없는 벌판이라 동네 사람들도 모른다.

보리가 이유도 없이 누워버렸다고 하면 아내는 또 액이 꼈다고 무당 얘기를 꺼낼 것이다.

'어림도 없는 소리!'

박 노인은 아내가 굿을 하자는 말을 처음 꺼냈을 때부터 호되게 야단을 쳤었다.

"거 지랄 염병헐 소리는! 요즘 같은 시상에 굿이 웬 말이여!"

"영감, 어째 내 말은 고로코롬 자근자근 싸그리 씹어버리쇼잉? 경찰도 못 찾고 형사들도 버둥대기만 허고 할 적에, 진즉에 용헌 무당 불러다 굿을 혰으믄, 우리 민우 어데 있는지, 혹시나 알 법도 아니었겄소? 그 불쌍한 것이, 어데서 찬바람 맞으믄서 구천을 떠도는지……. 사람이 못 하는 일이다믄, 귀신이라도 하게 혀야 할 것 아니요? 내 말이 틀렸소? 사람이 으째 그렇소? 이 많은 땅 다 갖고 저승 갈라 허요? 와 말 않소? 영감!"

열 살 된 손주 민우가 실종된 지 사흘째 되던 날부터 아내는 무당 얘기를 꺼냈다. 박 노인 역시 애가 타기는 마찬가지였지만, 무당을 부르고 기천만 원을 갖다 바쳐 굿판을 벌이는 꼴은 생각만 해도 끔찍했다.

그건 더 큰 절망을 부르는 일이었다. 굿판을 벌였는데도 그 아이의 생사를 확인할 수 없다면 그 힘든 절망을 어떻게 받아들일 것인가.

'내 목으로 곡을 하고 울어댈 힘이 없어 꽹과리를 두들겨 울겠다는 거지.'

노인은 어쩌다 들판에 나가 혼자서 운 적은 있었지만, 식구들이 보는 데서는 한 번도 눈물을 흘린 적이 없었다.

그는 손주가 어딘가에 살아 있을 것이라 생각했다. 보고 싶어 우는 거지, 그 아이가 죽었다는 생각은 아예 해본 적이 없었다.

밥상을 물릴 때쯤, 일꾼들이 마당에서 기척을 했다.

"왔능가? 식사는 혔고?"

박 노인이 문을 열어 일꾼들에게 안부를 물었다.

"야, 어르신. 숭늉 드시고 찬찬히 나오시쇼잉."

나이 든 일꾼들 넷이 담배를 피우며 대답했다.

"커피 한 잔씩덜 할랑가?"

"좋지만이라!"

"그려. 이봐, 여기 커피 넉 잔 내오시게."

박 노인이 신을 신고 옷섶을 챙기며 현관에 서서 말했다. 안에서는 대꾸가 없었다.

"그란디, 어르신. 뭔 일이 있으셨소?"

"뭔 일?"

"하루아침에 보리 추수를 싹 해분당께, 뭔 일이 있나 혀서요."

박 노인은 대답하지 않았다.

일꾼들은 작년의 일을 아직도 걱정하고 있었다. 마을 사람들은 박 노인 식구들을 보면 말을 아끼고 조심했다.

젊어서부터 열심히 일해 땅을 넓히고 가산을 불려 자식들 대학 보내고 시집장가 보내 편하게 살 날만 남은 복 받은 노인이었다.

작년에 큰딸네 손주가 놀러와 실종된 이후로는 집 안이 휑하고 썰렁했다. 박 노인은 그때부터 말이 없었다. 말을 잃은 건지, 그는 통 사람들하고 말을 안 했다.

박 노인의 아내가 커피를 들고 나왔다. 일꾼들이 커피를 받아 들고 홀짝거렸다. 박 노인이 말없이 마당을 가로질러 경운기에 시동을 걸었다.

경운기가 탈탈거리며 검은 연기를 뿜었다.

박 노인네 집에서 보리밭까지는 경운기로 30분쯤 가야 하는 길이었다.

아직 새벽이었고 안개가 자욱했다. 십여 미터 앞을 간신히 볼 수 있을 정도였다. 안개 입자가 보일 만큼 축축한 습기가 가득했다.

"여봐, 김 씨!"

"야, 어르신."

박 노인이 경운기 핸들을 잡고 뒤에 앉은 일꾼을 불렀다.

"보리밭이 좀 망가졌어."

"어떠케 망가졌는디요? 멧돼지다요?"

"고것이 아니고. 한 사분지 일쯤, 나락들이 누워버렸으."

"옴마? 갸들이 와 눕어버렸다요? 태풍이 분 것도 아닌디."

"가서 보거들랑, 살릴 수 있는 것들은 어쯔케 혀보고, 아니믄 싹 갈아엎어불라고."

"그려라. 참 별일일세. 요새 바람도 잔잔허니 날도 좋구마."

"그라고."

"야, 말씀허시소."

"밭에 망가진 꼴은 어데 가서 말하지 말어. 뭔 말인지 알아들었쟈?"

"야, 그라고 말고라."

뒤에 앉은 일꾼들은 자기들끼리 수군대긴 했어도 박 노인의 말을 알아들었다. 수년째 박 노인네 일을 거들던 사람들이었다. 그들은 그 집의 불행에 대해 떠들지 않았다.

해안 도로에서 언덕으로 오르는 샛길로 경운기가 머리를 들이밀었다. 샛길은 좀 더 완만한 경사로를 만들어놓아 경운기나 트랙터가 드나들 수 있었다.

박 노인이 스로틀을 크게 올렸다. 와다닥 하며 경운기가 힘을 주었다. 일꾼들은 경운기에서 뛰어내려 언덕을 걸어서 올라갔다.

경운기의 머리가 경사 길에서 거의 하늘로 치켜 올려졌다.

머리의 전조등이 하늘로 향했다. 전조등 불빛이 하얗게 떠도는 안개 입자를 비추었다.

경운기가 언덕 위로 올라왔을 때 박 노인이 다시 스로틀을 낮추었다. 일꾼들이 다시 올라탔다. 경운기가 울렁거렸다. 경운기가 다니는 길은 벌판 가장자리를 따라 크게 돌아 나 있었다.

“트랙터는 한 시간쯤 뒤에 오라 했응께, 그때꺼정 트랙터 길 좀 내고, 나락들 정리도 좀 허고 그러세.”

“야, 어르신.”

벌판을 내려가는 길에 박 노인이 말했다. 뒤에서 일꾼들이 목장갑을 끼고 철커덩거리며 농기구를 챙겼다.

새벽빛이 파랗게 들어 앞이 보이긴 했지만 안개 때문에 시야가 흐렸다. 박 노인이 고개를 보리밭 쪽으로 돌리며 밭 모양새를 살폈다. 안개 때문에 보이지 않았다.

다행이다 싶었다. 저 꼴을 보면 또 쓸데없는 얘기가 동네에 나돌 텐데. 아마도 일꾼들은 날이 밝아도 그걸 보지 못할 터였다. 그 전에 트랙터가 밭을 갈아엎을 거니까.

밭 근처에 다다랐을 때, 일꾼들은 경운기에서 내려 밭으로 걸어갔다. 박 노인은 보리밭 한쪽에 경운기를 댔다.

일꾼들은 누가 시키지 않아도 자기 일을 했다. 가장자리에서부터 트랙터 길을 만들고 삽으로 흙을 돋우어 꺼진 땅을 메웠다.

박 노인은 어제 본 망가진 밭 쪽으로 천천히 걸어갔다. 사삭거리며 보리 밟는 소리가 났다. 그는 땅을 보며 걸었다. 보리를 보며, 허리까지 자란 보리를 손바닥으로 쓰다듬었다. 그는 착한 아이 머리를 쓰다듬듯 보리를 어루만지며 걸었다.

서클 안쪽은 누런 보리들이 누워 있어 넓은 개활지처럼 보였다. 서클이 눈에 들어왔을 때, 그가 걸음을 멈추었다. 허리를 세워 머리를 이쪽저쪽으로 돌리며 원 안쪽을 살폈다.

거기에 뭔가가 있었다.

"저것이, 멋이다냐?"

박 노인은 혼잣말을 하며 천천히 앞으로 나아갔다. 안개 사이로, 바닥 쪽에 울긋불긋한 색깔이 보였다. 박 노인의 팔에 힘이 들어갔다. 손에 꼭 쥔 낫을 다시 움켜잡았다.

'옳거니, 네놈들이구나!'

박 노인은 사람 형체를 보자마자 그렇게 생각했다. 저것들이 밤에 몰래 밭에 들어와 장난질을 한 것이 분명하다.

'술 처먹고 저렇게 밭 한가운데 처자빠져 자고 있는 거겠지.'

박 노인은 어제 김 경사가 한 말을 떠올렸다. 서울 것들이겠지. 요즘은 여기도 골빈 년놈들이 별 지랄들을 다 하며 외제 차를 타고 쏘다니지 않는가.

'저것들이 저 지랄로 함부로 들어와서 내 밭을 이 꼴로 만들었겠다!'

박 노인은 조심조심 서클 안쪽으로 걸어 들어갔다. 안개가 시야를 가려 잘 보이지 않았지만, 사람임이 확실했다. 그들 옆에 거의 다다랐을 때 노인은 이빨을 악, 깨물고 낫자루를 잡은 손에 힘을 주었다. 그리고, "네 이 우라질 놈들아!" 하며 크게 소리를 지르고 낫을 공중으로 높이 쳐들었다.

박 노인은 정말로 사람을 죽일 생각으로 그런 것은 아니었다고 나중에 다른 사람들에게 말했다. 다만 그때는 왜 그랬는지, 왜 그렇게 속에서 울화가 치밀어 올랐는지, 왜 그렇게 큰 소리로 떠들면서 난리를 해댔는지, 자신도 잘 모르겠다고 말했다.

노인이 내지르는 소리를 안개 너머로 듣자마자 일꾼들은 농기구를 땅에 팽개치고 소리 나는 쪽으로 뛰기 시작했다.

박 노인이 워낙에 큰 소리로 지껄였기 때문에, 저기 무슨 사달이 단단히 났나 보다 하고 겁을 먹었으면서도, 저 양반이 저럴 양반이 아닌데 왜 저렇게 소리를 지르고 하신대, 실성을 하신 건가, 하면서 그쪽으로 뛰어가는 도중에 자기들끼리 말했다.

“이 빌어먹은 년놈들, 어디 남의 보리밭에 쳐들어와 이 꼴로 만들어놓능겨? 이놈들, 낫으로 그 손모가지를 댕강 잘라놓을 것이여!”

노인은 계속 혼자서 떠들었다. 일꾼들은 허리께까지 자란 보리를 헤치며 더 빨리 뛰었다.

일꾼들이 박 노인 앞에 이르렀을 때, 그들은 눈앞에 펼쳐진 장면을 보고 놀라 뒤로 자빠졌다.

박 노인이 안개 속에서 푸른 새벽빛을 받으며 날선 낫을 한 손에 들고 서 있고, 그 앞으로 여덟 명의 사람들이 바닥에 나동그라진 채 누워 있는 것이 아닌가.

“어르신, 어르신, 어째 그러시오. 그 낫, 저 사람들은 또……?”

일꾼들은 박 노인 곁으로 다가가지 못하고 조금 멀찍이 서서 그에게 말을 걸었다.

“어르신 고정허시고, 일단 그 손에 든 낫부터 이리 주쇼.”

김 씨가 천천히 박 노인에게 다가가며 말했다. 오르락내리락 하는 그의 숨결이 터질 것처럼 떨렸다.

“아, 뭣혀? 빨리 경찰 부르지 않고!”

김 씨는 뒤쪽에 있는 일꾼들에게 작은 말로 다그치며 박 노인 쪽으로 천천히 걸어갔다. 다른 일꾼은 박 노인의 뒤쪽으로 돌아 경운기를 향해 뛰어갔다.

박 노인과 한 발짝 거리에 이르렀을 때, 김 씨가 잽싸게 박 노인의 손을 움켜쥐었다.

박 노인은 그제야 정신을 차리며 뒤를 돌아보았다. 김 씨가 그의 손을 강하게 움켜잡고 있었다. 박 노인은, 처음에는 김 씨를 보다가 자기 손에 들린 낫을 보았다. 그러고는 깜짝 놀라 낫을 바닥에 던졌다.

"어르신, 시방 이것이 먼 일이다요?"

김 씨가 거의 울음이 섞인 목소리로 박 노인을 보며 물었다.

"으, 으응?"

박 노인이 뭔가에 홀린 사람처럼 그에게 되물었다.

김 씨가 바닥에 누워 있는 사람들을 보았다. 날이 밝아 안개 속에서도 사람들을 알아볼 수 있었다. 누워 있는 사람들은 학생들이었다.

"저, 아그들……, 어르신이 그랬소?"

박 노인이 정신을 차리고 바닥의 아이들과 김 씨를 천천히 번갈아 보았다.

"여그 와보니, 저 아그들이 저라고 있는 것이여. 야야, 저것이 먼 일이다냐?"

"야? 머라고라?"

하긴 그 짧은 시간에 팔순이 다 된 노인이 낫을 들고 설친 들, 여덟 명의 젊은이들을 어떻게 쓰러뜨릴 수 있겠는가.

김 씨는 잡고 있던 박 노인의 손목을 놓고 천천히 누워 있는 사람들 쪽으로 걸어갔다.

그사이에 뒤에 있던 나머지 일꾼들도 천천히 박 노인과 김 씨가 있는 쪽으로 다가왔다. 그들은 동그란 모양을 그리며 누워 있는 보리들을 보았다. 그리고 그 한가운데 누워 있는 학생들을 보았다.

김 씨가 누운 사람들 근처에 가까이 가자 땅콩 냄새 같은 향이 났다. 그들은 미동도 없었다. 얼굴은 조금 붉은 빛을 띠었고, 모두 가지런히 하늘을 보고 누워 있었다.

"경찰 불렀는가?"

그가 누운 사람들 근처에 다가가 다른 일꾼 쪽으로 고개를 돌리며 물었다. 저만치 떨어져 있던 일꾼이 고개를 힘차게 끄덕였다.

김 씨가 천천히 몸을 낮추었다. 그의 손이 누워 있는 사람을 향해 다가갔다. 맨 끝에 누워 있는 사람의 코에 그가 손을 댔다.

"숨을 쉬어. 아직 살아 있는게벼!"

그가 걸음을 옮겨 옆에 있는 사람의 코에도 손을 댔다.

"여그도, 여그도 살았어. 아, 뭣혀? 얼릉 일루 좀 와봐!"

다른 일꾼들도 누워 있는 아이들 쪽으로 다가왔다. 그들은 뭘 어떻게 해야 할지 정확히 몰랐지만 일단 사람들이 죽었는지 살았는지, 죽은 사람이 있으면 어떻게 해야 할지와 같은 복잡한 문제를 한꺼번에 머리에서 떠올렸다.

그때 누운 사람들 중에 누군가가 신음 소리를 냈다. 김 씨가 그쪽으로 얼른 다가갔다. 으응, 으응, 신음 소리를 내며 남자 하나가 고개를 이쪽저쪽으로 돌렸다.

남자가 눈을 몇 번 깜빡거렸다. 그는 아주 깊은 잠에서 깨어난 사람처럼, 흐느적거리는 팔다리를 휘저으며 자리에서 일어나 앉으려고 버둥거렸다.

"칠석아, 여그 물 좀 갖구 와!"

김 씨가 다른 일꾼에게 소리쳤다. 김 씨가 그 남자를 일으켜 앉혔다.

그는 아직 눈을 제대로 뜨지 못했다. 얼굴은 햇볕에 심하게 그을린 사람처럼 새빨간 색이었다. 일꾼이 맹물이 든 페트병을 들고 왔다. 김 씨가 종이컵에 물을 따라 그의 입에 부어주었다. 그가 물을 조금씩 들이켰다.

"오늘이 며칠이죠?"

죽음과도 같은 깊은 잠에서 깨어난 것처럼 흐느적거리면서 젊은 남자가 김 씨에게 물었다. 김 씨가 어리둥절한 눈으로 칠석이 쪽을 돌아보았다.

"여보, 이 선생! 괜찮은가?"

이진우를 알아본 박 노인이 물었다.

"어르신, 아는 분이요?"

김 씨가 물었다. 박 노인은 대답 없이 남자에게 다가가 그의 손을 잡았다.

"어르신, 아이들은요? 아이들은 어떻게 됐나요?"

남자가 박 노인의 손을 잡은 채로 간절하게 물었다. 남자가 몸을 비틀거리며 자리에서 일어났다. 그가 누워 있는 아이들에게 다가가 흔들어 깨웠다. 아이들이 하나둘 깨어나기 시작했다.

아이들은 매우 지쳐 보이는 것 말고는 별 이상이 없어 보였다. 몇몇 아이들은 서로 부둥켜안고 울었다. 일꾼들이 아이들에게 물을 따라 마시게 했다.

그런데 아이들은 정신을 차리자마자 주변 사람들을 향해 하나같이 같은 질문을 했다.

"오늘이 며칠이죠?"

7화

Missing

실종 2

5월 7일 토요일. 아침 7시 6분.

전화가 울렸다. 오늘은 토요일, 게다가 연휴다. 저건 알람이 아니다. 좀 더 자고 싶다. 새암고등학교 교감 박창범은 이불 속에서 전화 소리를 들었지만 일어나지 않았다.

"여보, 당신 전화야." 그의 아내가 말했다.

"그냥 둬."

"벌써 세 번째 전화야. 빨리 받아."

아내는 반대편으로 돌아누운 채 짜증을 냈다. 박창범은 얼굴을 잔뜩 찡그리고 발신자를 확인했다. 오현미 선생. 그녀가 왜? 그가 얼른 전화를 받았다.

"응, 오 선생. 왜?"

그는 2분 동안 통화를 했다. 뭐? 그래서? 애들은? 이 선생은? 단발의 질문들이 터지자 그의 아내가 일어나 앉았다. 남편의 얼굴이 일그러져 있었다. 뭐라 묻고 싶었지만 2분 동안 기다렸다.

"왜, 무슨 일 났어요?"

통화가 끝나자마자 아내가 물었지만 박창범은 대답 없이 화장실에 들어가 문을 쾅 닫았다.

"내 옷하고 좀 챙겨놔." 그가 화장실에서 소리쳤다.

"왜, 왜 그래요?"

아내가 화장실을 노크하며 물었지만 세차게 세수하는 소리만 들렸다.

박창범은 화장실에서 나오자마자 침대 위에 펼쳐놓은 양복을 보고 짜증을 냈다. 하긴 어디 간다 말도 안 했으니. 그는 옷장을 뒤져 면바지와 가벼운 셔츠를 꺼내 입었다.

"무슨 일이에요?"

허둥대는 그를 보며 아내가 물었다.

"나, 함평에 가야 해."

그가 발을 재빨리 양말에 넣었다.

"거긴 왜요?"

"사고가 터졌어."

"무슨 사곤데?"

"애들이."

"학교 아이들요?" 그녀가 깜짝 놀라 물었다.

"동아리 캠프 갔던 애들한테 무슨 일이 생겼나 봐. 함평 국군병원에. 애들이 거기 있어."

"뭐라고요?"

아내가 손에 들고 있던 자동차 열쇠를 바닥에 떨어뜨리며 놀란 가슴에 손을 댔다.

"호들갑 떨지 마. 다친 애들은 없다니까……, 가봐야 알아. 쓸데없이 여기저기 전화하지 말고."

박창범의 아내는 그런 일에 익숙하지 않았다. 그녀의 남편은 시계처럼 살았다. 어쩌다 회식 때 늦게 들어오는 것 말고는 한정된 시공간을 벗어나는 일이 거의 없었다. 갑자기, 다급한 일로 어딘가를 달려가는 남편의 모습이 어색해 보였다.

"교육청에 연락해야 하는 거 아니에요?"

"지들끼리 술 먹고 그런 걸 수도 있으니까. 가봐야지."

그녀는 두 손에서 힘을 뺐다. "아침은요?"

"지금 그게 문제야!"

박창범이 괜히 소리를 질렀다. 그럴 사람이 아닌데. 박창범의 아내는 날카로운 불안과 의문 사이에서 혼란스러웠다.

"운전 조심해요."

그녀가 어리둥절하게 말하는 사이에 박창범 교감은 현관문을 닫았다.

오전 7시 15분. 국군함평병원

"얼굴과 손에 1도 화상 말고는 외관상 아무 이상은 없습니다. 체온, 혈압도 다 정상이고."

삼십 대 중반의 군의관이 말했다. 응급실에는 이진우와 학생들이 나란히 링거를 맞으며 누워 있었다.

"그런데 왜 의식이 없는 거죠?"

"의식이 없는 게 아니라 잠을 자고 있는 겁니다."

"잠을 잔다고요?"

"네. 아주 깊이 잠들어 있습니다. 가벼운 탈수 증상이 있고요. 꼬집거나 하면 반응이 있어요. 말을 시키면 대답도 하고. 크게 걱정하실 건 없어요. 충분히 휴식을 취하고 나면 깰 겁니다."

"안 깨어나면요?"

도박사 같은 눈으로 오 선생이 물었다.

"선생님, 혹시 등산 가보셨나요?" 군의관이 차분하게 물었다.

"등산요?"

"2박 3일 지리산 종주 같은 거요. 그런 거하고 비슷합니다. 병사들도 일백 킬로 행군하고 나면 저런 증상을 보이죠. 완전히 뻗어서 자는 겁니다. 깨워도 안 일어나고."

"그럼, 저게……, 그냥 피곤해서 자는 거라고요?"

"네. 제가 보기엔 그렇습니다. 쇼크 같은 거라면 혈압에 문제가 있죠. 혹시나 해서 혈액 샘플도 뽑았으니까, 직원들 출근하면 한번 보겠습니다. 아 참, 그리고 9시에 엑스레이 촬영 있습니다."

군의관도 지쳐 보였다. 그는 시계를 한 번 내려다보고 청진기를 목에서 빼 주머니에 넣었다. 눈을 부비며 자리를 피했다.

오 선생은 침상 위에 누워 있는 아이들을 둘러보았다. 다들 얼굴이 빨갰다. 이진우도 그랬다. 그들은 먼 여행을 갔다가 돌아온 사람처럼 지쳐 보였다.

오전 5시 10분경, 박 노인이 보리밭에서 학생들과 이진우를 발견했다. 일꾼들은 경찰에 먼저 신고했고 경찰이 구급차와 함께 현장에 도착한 시각은 오전 5시 45분. 119 구조대는 8명의 환자를 국군함평병원으로 이송했다. 그곳은 함평군에서 응급진료가 가능한 거의 유일한 병원이었다.

오 선생의 휴대전화가 울렸다.

— 애들은 어때요?

오 선생이 전화를 받자마자 박창범이 물었다. 삐친 사람 같았다.

"아직 안 깨어났어요."

오 선생이 손으로 전화기를 가리며 말했다. 교감의 한숨 소리가 들렸다. 자동차가 덜컥이는 소리도 들렸다.

"군의관 말로는 잠을 자고 있는 거래요. 혈압과 맥박은 다 정상이라고 했어요. 외관상 다친 데는……, 얼굴과 손발에 1도 화상을 입었고."

교감이 푹, 하고 숨을 내뱉었다.

"얼굴이 빨개요."

오 선생이 마른입을 전화기에 대고 기가 죽어 말했다.

— 어떻게 빨개요?

"선탠한 것처럼. 햇볕에 심하게 그을린 것 같아요."

— 어제 야외 활동을 너무 많이 해서 그런 거 아녜요?

"그런 걸지도……."

— 오 선생 보기엔 어때요? 교육청에 알려야 할까?

"제 생각엔……"

오 선생이 고개를 돌려 다시 한 번 아이들을 보았다.

"그렇게 안 해도 될 것 같아요. 군의관도 피곤해서 자고 있는 거라고 했으니까."

그 말에 다행이다 싶었는지 교감이 긴 한숨을 쉬었다.

— 좀 더 자세히 말해봐요. 뭐가 어떻게 된 겁니까?

그는 다시 화난 목소리로 물었다.

오 선생은 아까 7시에 했던 말을 반복했다. 이번엔 그녀도 화가 난 목소리였다. 이게 내 잘못인가, 하는 투로.

— 그러니까 이진우 선생이 새벽에 애들 데리고 보리밭에 간 거예요? 보리밭은 또 뭐예요? 그걸 우리 애들이 그런 거예요? 크롭……, 뭐? 그게 뭐요?

교감은 난해한 수학 문제를 풀다가 지친 아이처럼 물었다. 자기 호기심에 짜증을 냈다. 뒤죽박죽이었다. 순서대로 말하려면 긴 보고서가 필요할 것 같았다.

"보리밭에 둥그렇게 뭐가 있었는데, 크롭 서클요, 낮에 봤던 게 신기해서 밤에 몰래 구경하러 갔었나 봐요."

— 보리밭이 신기하다고요?

"그게 아니고, 이 선생 말로는……."

UFO를 말하려다가 포기했다. 그 말을 하면 교감은 전화기를 던져버릴지도 모른다.

오 선생도 어찌할 바를 모르기는 마찬가지였다. 나머지 아이들은 아직 펜션에 머물고 있었다. 오 선생 혼자서 분홍색 트레이닝복을 입고 병원 복도를 뛰어다녔다. 울어버리고 싶었다.

"아마 새벽이고 하니까 별을 보러 갔었나 봐요. 천문 동아리 활동이니까."

그렇게 말하고 보니 제법 합리적인 설명인 것 같았다.

— 그런데 왜 아이들이 거기서 기절을 한 겁니까? 이 선생까지. 이 선생 깼어요? 이 선생 좀 바꿔봐요.

"아직 자고 있어요."

— 그럼 깨워요!

그가 군인처럼 명령했다. 오 선생이 입술을 깨물었다. 그리고 이진우를 보았다. 여름 해변가에서 하루 종일 놀다 온 아이 같았다. 뻘겋게 그을린 얼굴이 촌스럽게 보였다.

"이 선생 깨면 다시 전화드릴게요. 지금 운전하시는 중일 테니까……. 교감 선생님, 운전 조심하세요."

다른 말할 틈을 주지 않고 오 선생이 단호하게 말했다.

— 그래요. 나중에 전화 좀 하라고 해요.

교감도 약간 질린 듯한 말투였다.

"네, 알겠습니다."

오 선생이 딱딱하게 대답했다. 교감 전화를 받고 나서 그녀는 몇 가지 행정적인 일을 처리했다. 일곱 명의 학생들 집에 일일이 전화를 거는 일이었다.

새벽에 별자리 관찰하러 갔다가 아이들이 거기서 잠들어 버린 것 같다, 새벽 5시에 마을 주민이 신고해서 병원에 왔다, 아마도 새벽 공기가 차가워 심한 감기에 걸린 것 같다, 지금은 병원에서 안정을 취하고 있으니 너무 걱정 안 하셔도 된다…….

전화를 걸 때마다 안정된 이야기가 만들어졌다. 그 이야기를 하면서 오 선생도 그 이야기를 믿게 되었다. 몇몇 학부모들은 당장 달려오겠다고 했다. 일부는 벌써 출발한 것 같았다.

'그래. 새벽 공기가 차가워서 감기에 걸린 걸 거야. 바닷가니까 거기서 잠들었다면 그랬을 수도 있겠지. 바보같이! 도대체 왜 이 선생은 애들하고 거기서 잠을 잔 거야? 여학생들도 있었는데……. 바보같이 감기에 걸려가지고!'

하지만 오 선생은 입고 있는 긴팔 트레이닝복 때문에 계속 땀을 흘렸다. 감기에 걸려 기절할 만큼 추운 날씨는 아니었다.

'그래도 새벽이었잖아.'

얼굴과 손에 화상 입은 건?

'공기가 차가웠을 테니까. 너무 추워서 얼굴에 닭살이 돋은 건 아닐까?'

하지만 초여름이잖아, 지금은?

'바닷가니까. 염분 때문이겠지. 바셀린 바르면 나을 거야. 별것 아니야.'

오 선생은 자기 스스로의 의문과 싸웠다.

'그런데 크롭 서클은?'

오 선생은 머리를 흔들었다.

바보 같은 이진우는 계속 잠만 잤다.

오전 9시, 여학생부터 한 사람씩 엑스레이 촬영이 이어졌다. 고인아, 우도윤에 이어 지금은 박에스더가 영상의학실로 옮겨졌다.

오 선생은 계속 어딘가에 전화를 하고, 아이들 머리를 쓰다듬었다가, 스마트폰으로 크롭 서클을 검색했다가 했다.

화려하고 기이하게 생긴 기하학적 문양들이었다. 어제 오 선생이 본 것과 비슷한 것들도 몇 개 있었다. 사람이 했다고 하기에는 너무 거대하고 정교했다. 하지만 알지 못하는 어떤 존재가 했다고 보기에는 어딘지 유치해 보였다.

크롭 서클 안에는 방사선량이 많고 그 안에서는 기계가 오작동을 한다, 휴대폰이나 카메라가 먹통이 된다는 얘기도 있었다. 어제 있었던 일과 비슷했다.

6월에서 8월 사이에, 대부분 밀밭과 옥수수밭에 나타난 것들이었다. 보리밭에 크롭 서클이 나타난 경우는 어디에도 없었다.

오 선생은 갑자기 자신이 한심하다는 생각이 들었다.

'UFO라니, 바보같이!'

오 선생은 스마트폰 덮개를 탁 덮었다. 배터리도 얼마 안 남았다. 응급실 입구에서 의사와 간호사가 이쪽을 보며 뭐라고 걱정스런 말을 주고받는 소리가 들렸다.

"그럴 리가 있나! 좀 전까지 멀쩡하던 기계가 갑자기 왜?"

군의관이 간호 장교를 보고 말했다.

"그러게요. 영상팀 말로는 조사기가 자꾸 오작동을 한다네요."

"어떻게 오작동을 한대?"

"아까 잠깐 그쪽 직원들끼리 말하는 걸 들었는데, 출력이 너무 높대요. 조절이 안 된다고."

"당장 고칠 수 없으면 사단 의무대에 연락해. 오늘 진료 환자들, 급한 거 아니면 안 받는다고."

"네, 알겠습니다."

오 선생이 그쪽으로 걸어갔다.

"왜……, 그러시죠?" 오 선생이 군의관에게 물었다.

"죄송하네요. 갑자기 엑스레이 촬영기가 고장 나서요. 아까 찍은 두 학생 거는 처리가 됐는데, 지금은 고장이 나서 촬영이 어렵겠네요. 갑자기 그게 왜 말썽을 부리는지."

그때 갑자기 화재 경보가 울렸다. 자다 깬 아이가 발작적으로 울음보를 터뜨리는 것처럼, 벽에 있는 소화전이 따르릉거렸다. 사람들이 두리번거리며 복도를 기웃댔다. 오래된 박제 같은 건물에는 영 안 어울리는 소리였다. 몇 사람이 복도를 뛰어 지나갔다.

"왜? 무슨 일이야?"

오 선생과 말을 나누던 군의관이 지나가는 병사에게 물었다.

"영상의학실 쪽에서 연기가 난답니다." 그가 달려가면서 대답했다.

"뭐? 거기 왜? 엑스레이?"

응급실 군의관이 그쪽으로 달려갔다. 오 선생도 그와 함께 복도를 달렸다. 거기에는 지금 박에스더가 있다.

복도를 몇 번 돌아 영상의학실 입구에 이르렀을 때, 고무 타는 냄새가 났다. 다행히 불길 같은 건 없었다.

복도 천장에 연기가 스멀거렸다. 연기는 무겁고 둔하게 움직였다. 박에스더가 침대에 눕혀진 채로 영상실에서 나왔다.

잠든 아이를 보며 오 선생은 안도했다. 군복 입은 사병이 응급실 쪽으로 박에스더의 침대를 밀었다.

"불이 났나요?"

오 선생은 그에게 물었다. 그는 아무 말이 없었다.

그녀는 침대 옆에서 함께 걷다가 복도를 지나는 사람들에게 똑같이 물었다. 불이 났나요? 사람들은 대답 없이 지나갔다.

그녀는 발을 멈추었다. 군의관들이 화재에 대해 말하는 소리를 들었다. 병사는 에스더의 침대를 응급실 쪽으로 계속 밀고 갔다.

"왜 무슨 일이야?" 군의관이 병사에게 물었다.

"조사기가 터졌습니다!"

"뭐?"

"다른 전자기기들도 망가졌습니다. 갑자기 퍽 하면서. 번개

맞은 것처럼……."

군복 입은 사람들이 어디로 이어지는지 알 수 없는 복잡한 복도를 숨 가쁘게 뛰어다녔다.

8화

Missing

실종 3

간호사들이 분주하게 움직였다. 하얀 옷과 신발들, 목 칼라에 은색 계급장을 붙인 간호 장교들이었다. 오 선생은 아이들이 누워 있는 침대 쪽으로 달려갔다.

이진우가 침대에서 내려와 아이들을 다독이고 있었다. 아이들이 잠에서 깨어나 부스스한 얼굴을 비볐다.

간호사들이 체온과 혈압을 체크했다. 그들은 차트에 뭔가를 적어놓고 다른 침상으로 갔다.

깨어난 아이들은 지쳐 보였다. 한 61억 킬로미터쯤, 어디 먼 여행을 다녀온 사람들 같았다.

고인아는 울고 있는 우도윤을 부둥켜안고 토닥였다. 이치훈은 두통 환자처럼 머리를 감싸 쥐고 앉아 끙끙 앓았다. 최동훈은 링거 팩을 한 손으로 들고 정수기 옆에 서서 물을 마셨다. 변기태는 팔다리를 부들거리며 기지개를 크게 켰다. 김철산은 눈을 껌뻑이며 침대 위에 앉아 연신 하품을 했다. 박에스더는 여전히 자고 있었다.

이진우가 아직 잠에서 깨어나지 않은 에스더의 머리를 한 번 쓰다듬었다.

"이 선생님……."

"오셨어요?"

진우가 오현미 선생을 향해 고개를 까딱하며 대답했다. 심한 구취가 났다.

"어떻게 된 건지……. 몸은 좀 괜찮으세요?"

오 선생의 물음에 진우가 아이들을 둘러보았다. 아이들도 진우를 보았다.

"새벽에 보리밭에 갔었어요. 크롭 서클 보러."

멍하고 퀭한 눈으로 그가 대답했다.

"그건 저도 알죠. 제 말은……."

"UFO였어요! 그건 확실히 UFO였어요!"

최동훈이 냉큼 대답했다. 〈CSI: 과학수사대〉에 나오는 길 그리섬 반장의 어린 시절을 연상시키듯 총명해 보이는 녀석이었는데, 지금은 어이없는 사기 사건에 연루된 광신도처럼 보였다. 그는 흥분한 목소리로 친구들에게 UFO와 외계 문명의 흔적을 몸속 어딘가에서 찾을 수 있을 거라고 떠벌렸다. 그의 주장에 따르면 특히 귓바퀴 뒤쪽에 아주 작은 칩이 있다는 거였다. 김철산이 자기 귀를 동훈에게 들이댔다. 둘은 서로 털을 골라주는 원숭이처럼 보였다.

"아냐. 우리가 본 건 빛밖에 없어."

고인아는 풀어진 운동화 끈을 조이다가 최동훈 쪽으로 고개를 들어 올리며 말했다.

"원래 UFO는 강한 빛을 발산해. 영화 못 봤어?"

최동훈이 화가 난 원숭이처럼 꽥 소리를 질렀다. 뭔가 불안해 보이는 동훈을 향해 아이들이 눈을 흘겼다.

"너희들은 어땠는지 모르지만, 난 소리도 들었어." 우도윤이 말했다.

"나도, 나도 소리를 들었어."

박에스더가 잠에서 깨어났다. 에스더는 아이들의 대화를 다 듣고 있었는지, 아니면 우도윤의 말만 들었는지 자신이 들었던 소리를 묘사했다.

"그건 여러 가지 소리가 합쳐져 있었어. 이상하게도…… 내 머리에서 그 소리의 모양을 느꼈어. 가느다란 소리들이 서로

엉켜 있었는데 뜨개실처럼 동그랗게 말려 있는 것 같았어."

에스더가 말했다. 에스더는 여자아이치고 키가 꽤 큰 편이었다. 조숙해 보였고 눈동자가 검었다. 몸의 굴곡이 깊어 어른 같았다. 왠지 모를 기이한 분위기 때문에 남학생들이 에스더에게 쉽게 말을 붙이지 못했다.

"아니, 내가 들은 건 물처럼 찰랑거리는 소리였어."

우도윤이 에스더를 보며 작은 소리로 말했다.

"그건 네가 들은 소리인가 봐. 난 그런 소리 못 들었어."

에스더가 도윤 쪽으로 눈동자를 굴리며 말했다. 그 말에 도윤이 입을 삐죽 내밀었다.

"잠깐, 잠깐, 얘들아. 잠깐만!"

오 선생이 아이들의 혼란을 수습했다.

"내가 본 걸 먼저 말할께."

교탁 앞에 서서 수업을 할 때처럼 오 선생은 꼿꼿하게 허리를 세웠다.

"너희들은 오늘 새벽에 숙소를 무단이탈했어." 아이들이 고개를 숙였다. "그리고 남학생과 여학생이 해안가 벌판에서 쓰러져 자고 있는 걸 오늘 새벽에 보리 추수꾼들이 발견해 경찰에 신고했어. 물론 거긴 남자 선생님도 끼어 있었지."

오 선생이 이진우를 차갑게 흘겼다.

"자, 정상적인 사람이라면 뭐라고 생각할까?"

"우린 술 안 먹었어요."

우도윤이 뻣뻣한 침묵을 깼다.

"전 교회 다녀요."

최동훈이 건전한 눈으로 오 선생을 바라보며 말했다.

"내 생각을 말해볼까?"

오 선생은 두 아이의 말을 단호하게 무시했다. 그녀는 그동안 참았던 걱정과 분노를 조금씩 발산하고 있었다.

"너희들은 어제 그 벌판에서 술을 먹었던 거야. 안 먹던 사람이 술을 먹으면 온 세상이 뒤집어져 보이고 그래. 나도 겪어봐서 알아. 감각이 확대되고, 뭐 그런 거겠지. 그리고 너희들이 보았다는 그 불빛은 자동차 헤드라이트일 거야. 소리는…… 자동차 엔진 소리였겠지."

"그게 아니라니까요!"

최동훈이 거칠게 말했다. 오 선생은 눈에 힘을 주고 그를 노려보았다. 최동훈 옆에 있던 정수기 물통에서 뽀글거리며 귀엽게 생긴 물방울 몇 개가 올라왔다.

오 선생이 갑자기 손바닥을 탁 쳤다. 그 바람에 동훈이 깜짝 놀라 머리를 움찔거렸다.

"그래. 어쨌든 아무 일 없이 깨어나서 다행이야. 다들 몸은 좀 어때?"

오 선생은 아직 잔뜩 긴장한 아이들을 다그치는 게 너무한다 싶었는지 목소리를 밝게 꾸몄다.

아이들은 말없이 서로의 눈들을 쳐다보았다. 일곱 쌍, 이진우를 포함한 여덟 쌍의 눈들은 순간, 아주 빠르게 눈빛을 교환했다.

"얘들아, 저……."

이진우가 빠르게 숨을 들이쉬었다. 두세 명의 아이들이 뭔가를 말하려다가 멈추었다.

"어제 있었던 일은 말이야. 나중에 우리끼리 따로 얘기하자. 그게 좋겠어."

이진우의 말에 고인아가 적극적으로 고개를 끄덕였다.

"이 선생님. 지금 교감 선생님이 여기로 오고 계세요. 학부모님들 몇 명도. 다들 무슨 일이 있었는지……, 설명을 하셔야 할 거예요."

오 선생이 몸을 이진우 쪽으로 돌렸다. 슬며시 공을 넘기는 말투로, 자기는 이 일에 책임이 없다는 것을 넌지시 알리는 소리였다. 어젯밤 조용히 피어날 뻔했던 로맨스의 흔적은 어디에도 없었다. 지금 그녀는 그저 난처한 처지를 예고해주는 동료 교사일 뿐이었다.

"우린 뭔가를 봤어요."

박에스더였다. 그 아이는 패배를 인정하지 않는 고집 센 운동선수 같았다. 다른 사람들의 말을 듣지 않았다. 에스더는 뭔가를 봤다는 자기 말에만 귀를 기울였다.

"아무도 믿지 않을 거야."

고인아가 에스더를 부드럽게 바라보았다. 인아의 침착한 말을 최동훈이 잽싸게 맞받았다.

"다들 거기 있었잖아. 안 그래?" 최동훈이 아이들을 돌아보며 말했다. "거짓말할 셈이야?"

그의 목소리에 힘이 들어갔다. 다시 한 번, 정수기에서 기포가 올라왔다. 물통 속의 물이 출렁거렸다.

"동훈아, 그래. 네 말이 맞아. 우린 거기서 뭔가를 봤어. 하지만 그게 뭔지 정확하게 설명할 수가 없으니까. 우리끼리 얘기를 나누면서, 천천히, 좀 더 생각해보고 그때 얘기하면 어떻겠니?"

이진우가 점잖게 아이를 달랬다. 최동훈이 이진우를 향해 고개를 돌렸다.

"이 선생님, 저랑 잠깐 밖에서 얘기 좀 해요. 몸, 괜찮으시면."

오 선생이 말했다. 그녀는 이진우를 쳐다보지도 않았다. 차가운 말을 던지고 응급실 복도로 나갔다. 교무실로 불려가는 학생처럼 이진우가 그녀를 뒤따랐다.

"어떻게 된 거예요? 저한테 솔직하게 다 말해보세요."

"솔직하게 뭘요?"

복도에 나서자마자 오 선생이 말했다. 이진우가 피곤한 목소리로 되물었다. 그는 붉은 칠이 된 복도의 나무 의자에 몸을 얹었다.

"애들하고 술 마신 거 맞죠?"

꼿꼿이 선 자세로 팔짱을 낀 오 선생이 이진우를 내려다보며 물었다. 이진우가 옅은 한숨을 뱉었다.

"정말 솔직하게 말하죠. 미확인비행물체를 봤어요. 말 그대로, 확인할 길이 없는, 날아다니는 물체를요. 처음엔 움직이는 작은 별처럼 보였는데 나중에 그게 우리들을 덮쳤죠. 됐어요?"

"교감 선생님께 그렇게 말씀드릴게요. 이 선생이 애들하고 UFO를 보고 잠깐 기절한 거니까, 염려 마시라고. 됐어요?"

이진우가 고개를 숙이며 자기 머리를 쓸었다. 떡진 머리에서 해초 냄새가 났다. 초록색 페인트를 발라놓은 복도가 울렁거렸다. 속이 메스꺼웠다. 그가 팔꿈치를 자기 무릎에 대고 허리를 숙였다.

"아이들이 왜 저렇게 긴장해 있죠? 다들 너무 날카로워요. 이 선생님도 그렇고……"

"선생님이 믿든 안 믿든 얘기할게요." 그가 오 선생을 올려다보았다. "오늘 새벽 2시경에 거기서 아이들과 만났어요. 보리밭에서. 제가 먼저 거기 가 있었고 애들은 자기들끼리 따로 왔어요. 노래를 부르면서 오더군요. 밤길에 겁이 났는지. 오 선생은 못 봤어요? 여자애들이 숙소를 나가는 거?"

"당연히 못 봤죠. 봤으면 제가…… 휴, 그래서요"

"애들하고 만나서 이것저것 얘기했죠. 보리밭에서. 크롭 서클 안에 누워서. 누워서 별도 보고."

이진우가 배에 손을 대고 얼굴을 찌푸렸다.

"얼마나 그러고 있었죠?"

"한 10분쯤? 처음엔 별 사이로 보이는 인공위성이라고 생각했어요. 그런데 그게 갑자기 빠른 속도로 움직였어요. 그리고 눈 깜짝할 사이에 거대한 빛이 되어 서클 위로 나타났고. 정말 순식간에, 빛 속으로 들어갔는데…… 갑자기 의식을 잃었어요. 그리고 깨어났을 때는 모두들 시간 감각이 없었어요. 저도 그렇고. 너무 오랜 시간이 지나간 것처럼 느껴졌어요. 아침인지 밤인지, 하루가 지난 건지 한 달이 지나간 건지 구분이 안 되더군요. 전, 제 느낌으로는 몇 개월, 아니 몇 년 정도 시간이 지나간 것처럼 느껴졌어요."

이진우는 새벽에 있었던 일을 말하면서 점점 확신을 잃어 갔다. 거기서 그냥, 피곤해서 잔 게 아닌가, 그는 스스로를 의심했다.

오 선생이 표정을 누그러뜨리며 자리에 앉았다.

"저희 아버진 술고래였어요. 한번은 소주를 10병 드신 적도 있었죠. 3일 동안 잠만 자다가 일어나시더군요. 그러곤 엄마한테 물었대요. 오늘이 며칠이냐고."

대책 없는 낙관주의를 고수하는 학생을 부드럽게 다그치는 말투였다. 하지만 그 말의 속뜻은, 솔직히 말해, 안 그럼 나한테 혼나, 하는 내용이었다. 이진우가 오 선생을 째려보았다.

"좋아요, 오 선생님. 술 마신 걸로 해요. 하지만 전 무서웠어요. 아무도 없는 독방 같은 곳에 아주 오랫동안 갇혀 있던 느낌이에요. 술 먹고 나서 그런 느낌이 들진 않죠. 아이들도 그런 느낌일 거예요. 아마."

"술 마신 걸로 하자고요? 지금 장난해요?"

오 선생은 대놓고 이진우에게 따졌다. 그녀의 눈빛을 보면 그보다 더 험한 말도 얼마든지 할 수 있을 것 같았다. 이진우도 그녀를 노려보았다.

그때, 응급실 안에서 쿵쾅거리는 소리가 들렸다. 사람들이 달려가는 소리, 비명 소리도 들렸다.

오 선생이 이진우의 링거 스탠드를 손에 쥔 채로 먼저 뛰었다. 이진우가 아아, 하는 소리를 내며 자리에서 일어나 응급실 쪽으로 질질 끌려 들어갔다.

9화

Missing

실종 4

두 선생님들이 응급실을 나가자마자 아이들이 한쪽으로 모여들었다. 그들은 최대한 작게 속닥거렸지만 간호 장교가 성난 눈으로 노려볼 만큼 시끄러웠다.

"UFO가 확실해. 우린 납치됐던 거야."

최동훈이 눈에 힘을 주고 말했다.

"시간 지연 현상!" 변기태였다.

"그렇지? 확실히. 난 거기에 한 달 정도 갇혀 있었던 것 같아." 동훈이 기태를 보며 말했다.

"난 일주일." 우도윤이었다.

"어, 얘들아, 난 아주 잠깐이었어. 한 5분?" 김철산이었다.

"다들 제각각이군. 그러니까 외계인들이 우리를 데려가서 실험을 한 거야. 그래서 다들 시간 감각이 다른 거라고."

최동훈이 아이들 앞으로 한 발짝 나서면서 말했다. 아이들의 링거 줄이 어지럽게 엉켜들었다.

"말도 안 되는 소리!" 우도윤이 몸을 움츠리며 어깨를 떨었다.

"그럼 네가 말 되는 소리를 해봐."

최동훈이 우도윤 쪽으로 다가섰다. 도윤은 자기 어깨를 두 손으로 꼭 감싸 쥐고 겁먹은 눈으로 동훈을 올려다보았다.

"내가 해볼게."

도윤 옆에 앉아 있던 고인아가 자리에서 일어섰다.

"어제 낮에 크롭 서클에서 사진 찍을 때 폰이 모두 고장 났어. 기억하지?"

아이들이 인아의 말에 고개를 끄덕였다. 인아는 여러 아이들의 시선을 하나도 놓치지 않고 자기 말에 끌어들였다.

"거기는 아마도 중력장이 왜곡돼 있거나 방사선량이 많은 곳일 거야. 지구과학 시간에 배웠어. 지표 아래쪽에 있는 암반 성분 때문에 그런 곳이 있다고 들었어. 크롭 서클도 그래서 나타난 걸 거야. 보리밭에 생긴 기하학적인 문양은 자철광 같은 암반에서 나오는 자기장의 영역일 거고. 자석 주변에 둥글게 모여 있는 쇳가루 본 적 있지? 그거하고 같은 거야. 그러니까 거기 장시간 머물면 신체에도 영향이 있겠지. 우리 몸에도 헤모글로빈 같은 철분이 있으니까. 신경 계통 같은 데, 시신경 쪽에 있는 세포들이 흥분을 하면서 빛을 느낀 건지도 몰라. 사실은 그게 없는데도 말이야. 가끔 머리가 띵할 때 빛을 보기도 하잖아? 그거하고 비슷한 거야."

"그럼 우리가 들은 소리는 뭐지?"

도윤이 물었다. 인아가 그쪽으로 고개를 돌리며 말을 이었다.

"기압 변화가 있었을지도 모르지. 갑자기. 요즘 일교차가 크잖아? 우리가 있던 그 시간은 기온이 갑자기 떨어지는 시간대이고, 기압차가 갑자기 커지면서 달팽이관 쪽에서 평형감각이 깨진 거야. 몸이 붕 떠올랐던 느낌도 그래서 생긴 걸 거야. 그러면서 그것과 연결된 청신경이 반응했을 거야. 그래서 도윤이하고 에스더만 소리를 들은 건지도 몰라. 각자 신체조건이 다르니까. 물속에 갑자기 다이빙했을 때를 생각해봐. 귀가 멍하면서 웅 하는 소리가 날 때가 있어. 압력 변화 때문이지. 수압 때문에. 그거하고 비슷한 거야. 이게 내 생각이야."

"뭔 소린지는 모르겠지만 아주 완벽한 설명이군."

김철산이 박수 치는 시늉을 했다. 그는 다른 아이들의 어깨를 툭툭 치면서 인아를 향해 엄지를 치켜들었다.

“고인아, 그러니까 네 말은 땅속에 있는 돌덩이 때문에 우리가 UFO를 보고, 빛을 보고 그랬다고? 새벽 공기가 차가워서 귓속에 이상한 소리가 들렸다는 거야?”

동훈은 인아의 차분한 설명을 다 잘라내고 유치한 말만 모아 되물었다.

“그럼 네가 말이 되는 소릴 해봐!”

김철산이 비꼬는 투로 동훈에게 말했다.

“왜 다들 인정하지 않아? 왜 자기가 본 걸 그대로 말하고 인정하지 않느냐고!”

동훈이 주먹을 말아 쥐고 흔들었다. 목소리가 커졌다. 잘생긴 얼굴에서 근육이 씰룩거렸다. 팔뚝의 혈관이 부풀었다.

침상 끝에서 응급실 반대편 복도 쪽으로 이어지는 곳에 정수기가 세워져 있었다. 정수기 위에 거꾸로 세워놓은 파란 물통에서 물방울들이 부글거리며 끓어올랐다. 아이들이 정수기를 쳐다보았다. 최동훈과 김철산은 서로 싸우기라도 할 것처럼 으르렁거렸다.

“그렇게 말하면 누가 믿어준대? 술 먹었다고 찍혀서 정학먹으면, 학생부 전형은 쓰지도 못해. 난 고인아에 한 표!”

김철산이 몸을 고인아 쪽으로 움직이며 그렇게 말하자, 동훈은 놀림당하는 아이처럼 혼자 남겨진 꼴이 되었다. 철산은 아까부터 인아 쪽으로 몸을 비실비실 들이댔다. 녀석은 인아의 허벅지를 가볍게 두드리며 그녀에게 맞장구를 쳤다.

"나도."

도윤이 맹한 표정으로 입술을 오므리며 귀엽게 말했다.

"똑똑한 고인아. 나도 한 표. 그렇게 설명하면 되겠네. 술 먹었다고 의심받을 일도 없고. 아주 훌륭해."

변기태였다. 기태가 그렇게 말하자 동훈은 기태를 노려보았다. 무섭고 살기 어린 눈이었다. 기태가 그의 눈길을 피했다.

"잠깐, 잠깐. 그런데 아까 인아가 했던 말 다 기억해? 자철광, 기압차, 야, 어디 메모지 없어?"

김철산이 큰 몸집을 굴리며 여기저기 들쑤셨다. 콧노래 비슷한 소리를 내며 침대 사이를 기웃거렸다.

"어떻게 자기가 본 것도 못 믿어. 병신들!"

동훈이 아이들에게서 등을 돌리며 혼잣말로 중얼거렸다.

"뭐라고? 병신? 그럼 너도 인아처럼 말이 되게 설명을 해보라고. UFO라고? 병신새끼!"

김철산이 동훈의 뒤통수에 대고 지껄였다. 동훈은 철산에게서 등을 돌린 채 서 있었다. 그는 벽 쪽을 바라보고 있었다.

동훈은 고개를 한 번 위로 올렸다가 다시 내렸다. 그는 뭔가를 간절히 기다리는 사람 같았다. 초조한 눈빛, 어딘가에 갇혀 있는 듯한 긴장감, 그의 눈에 빨갛게 핏기가 서렸다. 관자놀이에 땀이 흘렀다. 그는 벽과 땅을 한 번씩 쳐다보았다. 그리고 아이들을 향해 고개를 돌렸다. 그가 차분하게 말했다.

"난 그냥……, 우리가 본 걸 솔직하게 말하자는 거야. 우리 스스로를 속이지 말고. 그냥 보고 들은 걸 그대로 말하면 돼. 좋아, UFO 얘기는 안 해도 돼. 하지만 최소한 자기가 본 건 믿을 수 있잖아!"

인아가 동훈에게 다가갔다. 그녀가 동훈의 등 뒤에서 그의 어깨에 가볍게 손을 올렸다.

"동훈아. 우리의 감각은 우리를 속이기도 해. 훈아, 거긴 너무 어둡고 또 추웠어. 그러니까……."

인아는 분홍색 셔츠와 청바지를 입고 있었다. 김철산은 인아의 날씬한 허리 쪽을 보았다. 철산은 인아가 동훈의 어깨에 작고 하얀 손을 올리는 걸 보고 자기 입술을 잘근 씹었다. 기껏 편들어줬더니, 저 버릇없는 강아지 같은 녀석을 쓰다듬다니. 철산은 배신당한 정치인처럼 냉소 섞인 표정으로 둘을 노려보았다.

"그게 아니잖아. 왜 다들 보고선 못 본 걸로 하자는 거냐고!"

동훈이 부들부들 떨리는 목소리로 목청을 높였다. 약간 울먹이는 것 같기도 했다. 아이들이 바닥에서 약간의 진동을 느꼈다.

동훈 옆에 있던 침대가 끼익, 하며 옆으로 움직였다.

고인아가 놀라서 침대 다리를 내려다보았다. 인아가 동훈의 뒤에서, 더 뒤쪽으로 뒷걸음질 쳤다. 그녀는 겁먹은 눈으로 동훈의 뒷모습을 보았다.

응급실 데스크 쪽에 있던 간호 장교가 아까부터 아이들 쪽을 쳐다보고 있었다. 칼라에는 대위 계급장이 번쩍거렸다. 그녀가 손에 들고 있던 볼펜을 탁 집어 던졌다. 볼펜이 요란하게 튕겨 올라 바닥으로 떨어졌다. 간호 장교는 작심한 듯 아이들을 향해 저벅거리며 걸어갔다.

"야, 야! 흥분하지 마. 여기 응급실이야."

철산이 아래턱을 쭉 내밀면서 작은 소리로 동훈에게 외쳤다.

"말이 안 되잖아! 우리 모두 봤잖아! 왜 본 걸 못 믿어?"

동훈이 손에 들고 있던 링거 팩을 아래로 집어 던졌다. 퍽, 하며 링거 팩이 바닥에서 터졌다.

"너희들 뭐야!"

걸어오던 간호 장교가 다리에 힘을 주고 달리면서 소리쳤다. 그때, 정수기의 물이 부글부글 끓어오르기 시작했다.

동훈은 팔에서 링거 바늘을 뽑아내려고 테이프를 뜯어내고 있었다. 그의 손이 부들거리며 떨렸다. 팔뚝 위에 불거져 나온 정맥이 더욱 파랗게, 붉게 변했다.

아이들이 긴장한 눈으로 최동훈 앞에 있는 정수기를 쳐다보았다. 정수기의 물통이 부글부글 끓어오르더니 파란 물통이 흔들리기 시작했다. 동훈은 정수기 앞에 있었지만 그걸 보지 못했다. 그는 짜증을 부리며 자기 팔에 있는 테이프를 쥐어뜯었다.

간호 장교가 아이들 가까이에 이르렀을 때, 정수기의 파란 물통이 펴벙 소리를 내며 공중으로 튀어 올랐다. 물통은 사람 키보다 높이 솟구쳤다. 물통이 공중에서 빙글 돌았다. 물통 안에 있던 물이 주둥이를 통해 곡선을 그리며 허공에서 쏟아져 나왔다.

아이들이 그 순간 본 것은 정수기 물통 앞에서 분노에 휩싸인 채 서 있는 최동훈이었다. 얼굴이 벌겋게 달아오른 그가 화를 낼 때마다 정수기의 물이 부글거리며 요동쳤다. 왜 본 걸 못 믿어, 하고 외치는 순간, 물통이 공중으로 솟아올랐다.

침대 다섯 개가 동시에 끼이익, 바닥 긁는 소리를 내며 벽쪽으로 움직였다. 아이들 모두 겁을 먹고 자세를 낮추었다. 아이들이 짧고 강한 비명을 질렀다.

물통이 위로 솟구쳐 올랐을 때, 달려오던 간호 장교는 그걸 보고 다급하게 동훈을 향해 몸을 날렸다.

물통이 공중에서 회전했다. 그녀는 물통을 올려다보며 물통 밑에서 앞으로 나아갔고, 맞은편에 있는 동훈을 끌어안았다. 그리고 동훈과 함께 바닥으로 쓰러졌다.

쿵쾅거리는 요란한 소리를 내며 물통이 바닥으로 떨어져 굴렀다. 물이 바닥으로 쫙 퍼졌다. 아이들이 정수기 쪽으로 달려갔다.

최동훈이 간호 장교를 끌어안고서 바닥을 뒹굴었다. 둘은 링거 줄에 몸이 엉켜 버둥거렸다. 간호 장교가 쓰러진 채로, 난데없이 동훈의 따귀를 갈겼다.

응급실 안으로 달려 들어온 오 선생과 이진우는, 다음과 같은 광경을 목격했다.

바닥을 나뒹구는 정수기 물통, 물통에서 새어 나온 물이 물바다를 이룬 바닥, 정수기 옆으로 몰려가 둥그렇게 서클을 이루며 서 있는 아이들.

오 선생이 아이들 틈을 파고들어 바닥을 보았다. 간호 장교가 손을 치켜들었다. 오 선생이 두 사람을 보자마자 간호 장교가 동훈의 따귀를 갈겼다. 그녀의 군청색 치마가 벌렁 위로 들려 있었고 동훈의 다리가 그 사이에 엉켜 있었다.

동훈이 억울한 눈으로 얻어맞은 볼에 손을 댄 채 간호 장교를 쳐다보았다. 간호 장교가 바닥을 보며 입을 쩍 벌렸다.

두 사람 주변에 서 있던 아이들이 전부 동시에 고개를 돌려 반대편 바닥을 보았다. 단칼에 베여나간 적장의 목처럼, 정수기 물통이 처참하게 바닥을 나뒹굴고 있었다.

여기저기서 사람들이 달려왔다. 이진우가 링거 스탠드를 끌고 힘겹게 걸어왔다.

따르르릉, 하고 다시 소화전이 울었다. 모두들 그 소리가 현재의 상황에 썩 어울리지 않는다고 생각했다.

억울한 누명을 쓰고 죄수가 된 사람처럼, 오 선생이 울상이 된 눈으로 이진우를 돌아보았다. 이진우가 구부정한 자세로 입을 쩍 벌린 채 서 있었다.

10화
Missing

실종 5

점심나절에 국군함평병원에 도착한 새암고교 교감 박창범은, 자식이 저지른 잘못을 수습하는 아버지처럼 행동했다. 학생들에게는 인내와 다정함을, 두 인솔 교사에게는 냉엄한 꾸지람을 주었다.

그는 점심도 거른 채 발 빠르게 움직였다. 군의관을 만나 학생들의 상태를 물었다. 아주 경미한 화상과(바셀린을 바르면 나을 것이라는 조언을 들었다), 약간의 탈수 증상 외에는 특별한 이상이 없다는 얘기였다.

"푹 쉬게 하세요."

그게 다였다. 군의관은 오전에 일어난 소란에 정신이 없었다.

박창범은 원무과에서 퇴원 수속을 하다가 그 소란에 대해 들었다. 영상실의 엑스레이 촬영기가 터지고 응급실 정수기 물통이 튀어 올라 공중에서 춤을 추었다는 얘기였다.

"정수기 감압 밸브가 고장 나면 그런 경우도 있죠."

교감은 현역 교사 시절에 기술 과목을 가르쳤었다. 교감의 명료한 설명에 원무과 직원은 고맙다고 말했다. 그는 관리 주임을 불러 마치 자신의 생각인 것처럼 얘기했다.

교감 선생님이 나타나면서 아이들도 안정을 찾았다.

"망가진 보리밭 때문에 경찰까지 왔으니 아이들이 겁먹었던 거야. 얼마나 지쳤으면 벌판에 뻗어 잠들었겠어? 도대체 학습 활동 지도를 어떻게 한 거야? 얼굴이 저 지경이 될 때까지 뜨거운 뙤약볕에 내버려두면 어떻게 해? 그리고 병원으로 데려가려면 제대로 된 병원으로 가야지, 엑스레이고 정수기고 다 고물딱지만 갖다놓은 국군병원이 웬 말이야?"

아이들은 단순명료한 교감의 말에 큰 해방감을 느꼈다. 자철광이니, 기압차와 중력장이니, 하는 걸 거들먹거리지 않아도 교감이 다 설명해주었기 때문이다.

이진우와 오현미는 두 손을 앞에 모으고 병원 복도에 서서 교감의 잔소리를 들었다. 하지만 그의 말이 듣기 싫지는 않았다. 비현실적인 공포와 불안에서 깨어나 지루하고 반복적인 일상이 다시 그들을 맞는 것 같았기 때문이다.

이진우와 오현미 선생은 군대에서나 들을 법한 욕을 들었다.

"군기가 빠져가지고……. 우리 때 같으면 벌써 대가리 박고 난리가 났어, 이 친구들아! 나머지 애들은 아직 펜션에 있는 거야?"

이진우와 오 선생이 아차, 하는 눈으로 서로를 쳐다봤다. 박창범 교감이 고개를 설레설레 흔들며 혀를 끌끌 찼다.

"쯧쯧. 여기 애들 퇴원시켜서 일단 펜션으로 가자고. 버스 준비됐지?"

"네?" 이진우가 반문했다.

"네, 교감 선생님. 점심 때 출발하는 걸로 했습니다."

오 선생이 또박또박 대답했다. 이진우가 그녀에게 눈짓을 했으나 오 선생은 쳐다보지도 않았다.

"하지만 아직 일정이……"

이진우가 억울하다는 표정을 지었다.

"일정은 무슨 일정!" 교감이 버럭 소리쳤다. "당장 학교로 복귀해."

이진우는 짜증이 확 치밀었다. 배신감 같은 게 느껴졌다.

입원해 있던 아이들을 교감 차와 택시에 나눠 태우고 그들은 펜션으로 돌아갔다.

이진우는 오 선생에게 한 마디도 건네지 않았다. 오 선생은 한술 더 떠서, 이진우에게 한 마디도 건네지 않았을 뿐 아니라 그를 쳐다보지도 않았다.

선생님과 친구들이 펜션에 도착했을 때, 남아 있던 열네 명의 아이들은 집 나간 부모가 돌아온 것처럼 기뻐했다. 교감 선생님을 보자 불안한 마음에 참았던 울음을 터뜨리는 여학생도 있었다.

박창범 교감이 아이들을 펜션 마당에 모아놓고 일장 훈시를 했다.

그의 말은 참으로 단순하고 편리했다. 그는 우리 착한 아이들, 너무 빡빡한 활동, 낯선 고장, 그리고 지도 교사의 과다한 업무와 스트레스 등을 언급했다. 그러니까 이 모든 게, 복잡한 대입 전형을 간소화하지 못하는 무능한 정부 탓이라는 거였다.

아이들은 영악하게 생각하기 시작했다. 생각해보니 자신들은 피해자인 것 같았고, 또 생각해보니 두 지도 교사가 제대로 보살펴주지 못해 이런 난처한 상황에 빠진 것 같았다. 아이들은 억울함을 호소하는 눈으로 교감에게 기댔다.

여전히 풀리지 않는 의문이 있긴 했지만(특히 최동훈과 박에스더는 아직 판타지에서 빠져나오지 못하는 것 같았다), "보리밭에 유에프오? 귀신 씻나락 까먹는 소리 하고 있네!" 하며 교감이 비꼬아버리자, 아이들은 정신이 번쩍 들었다.

곧 아이들은 게임을 너무 많이 하고 판타지 소설 나부랭이를 너무 많이 읽어서 그렇다는 교감의 말을 인정하는 쪽으로 가닥을 잡았다.

"그러니까 그런 거 보지 말고, 공부나 열심히 해서 어떻게든 좋은 대학 갈 생각들을 하라고. 알겠어, 다들?"

버스에 올라탔을 때, 교감이 버스 통로에 서서 마이크를 잡고 또 잔소리를 했다. 아이들이 입을 쩍쩍 벌리며 하품을 했다. 교감이 손목을 들어 시간을 확인했다.

"벌써 2시가 다 됐네. 고생들 했으니까 서울 올라가면서 뭐 좀 먹자. 오케이?"

"네에!"

아이들이 길게 늘여 대답했다.

"선생님, 원래는 내일 집에 가는 일정이었는데, 벌써 올라가나요? 아직 별자리 구경도 못 했는데. 가져 온 천체 망원경은 써보지도 못했어요."

누군가 손을 들어 교감에게 물었다.

"오늘 밤에 외계인한테 납치되면 어쩌려고? 사고 안 난 걸 천만다행으로 알아야지……. 나머지 일정은 모두 취소야."

학생들이 야유를 보냈다. 얼굴에 시뻘건 화상을 입은 일곱 명의 아이들은 아무 소리도 못 하고 친구들 눈치를 봤다. 펜션에 남아 있던 나머지 14명의 아이들은, 온갖 인상을 다 쓰며 '졸라 짱나'를 열네 번쯤 말했다.

교감은 아무 대꾸 없이 오 선생이 건네주는 박카스를 받아 뚜껑을 우두둑 비틀어 땄다. 별것도 아닌 일을 가지고 함평까지 와서 하루를 날렸으니……. 연휴를 망쳐놓은 외계인의 침략을 원망하는 표정으로, 박카스의 쓰고 신 맛에 입을 쩝쩝거렸다. 그러고는 어이, 꺼이, 하며 지저분하게 트림을 하면서 버스에서 내렸다.

버스가 출발했다. 교감의 차가 버스를 뒤따랐다.

고속도로에 들어선 지 얼마 안 돼, 버스는 휴게소로 들어갔다. 거기 함평 천지 휴게소가 추어탕이 유명하다니까, 거기서 밥 먹고 가자, 교감이 이진우에게 연락했다.

아이들은 아무도 추어탕을 먹지 않았다. 모두들 잠들자마자 깬 눈으로 해롱거리며 간식거리만 잔뜩 사 들고 버스로 돌아왔다.

"이 선생, 인솔해서 갈 수 있지?"

추어탕 그릇을 후루룩 비우면서 교감이 말했다. 그는 차를 빨리 몰아 먼저 갈 생각인 것 같았다.

"그러세요, 교감 선생님. 저희들은 따로 움직이겠습니다."

오 선생이 대답했다. 이진우는 아직 남은 추어탕을 먹고 있었다.

"그래. 어차피 대열 운행하면 위험하니까. 이쯤에서 따로 움직이자고. 학교에 먼저 집결했다가 파하는 걸로 해. 고생들 했어."

"교감 선생님도요. 괜한 걸음 하시게 해서 죄송합니다."

오 선생이 깍듯하게 말했다.

"뒤에 얘기는 학교에서 따로 하자고."

교감이 이진우를 보고 말했다.

이진우는 어리바리 고개만 끄덕였다. 골치 아픈 여러 얘기들을 하겠지. 교사의 자질 운운하며 새된 소리로 잔소리를 하겠지.

그럴 때는 그냥 하급 무사처럼 굽신거리며 버티는 것이다. 이진우는 7년 동안 사립학교 교사 생활을 하면서 그렇게 얼버무리는 방법을 터득했다.

아무 일도 일어나지 않게 하는 것, 그것이 좋은 교사의 자질이란 것을 이진우는 교사생활 3년 차에 배우고 익혔다.

그러나 이진우가 교사로서 감당하기 힘든 일이 벌어진 것은 교감과 함께 밥을 먹고 나온 지 불과 20분이 지났을 때였다. 교감은 이미 서울 방향 고속도로로 접어든 후였고 시간은 오후 3시 22분이었다.

이치훈이 버스에 올라타지 않았다는 사실을 안 것은 버스가 출발하기 직전, 마지막 인원점검 때였다.

"치훈이가 없어요. 아무리 찾아도."

이진우가 그렇게 말했을 때, 오현미 선생은 그나마 가지고 있던 이진우에 대한 아주 미세한 호감마저 몽땅 잃어버리고 말았다. 그녀는 그저 멍청한 동료 교사의 무능함에 화가 치밀어 올랐다.

"그런데 가만히 있으면 어떻게 해요?"

오 선생은 황급히 잠을 떨쳐내며 자리에서 벌떡 일어났다.

그녀의 지시를 따라 남학생들은 화장실에 가서 치훈을 불렀다. 그사이 이진우가 휴게소에 방송 안내를 요청했다. 아이들이 휴게소에 흩어져서 이치훈을 큰 소리로 불렀다.

오후 3시 45분경, 오 선생이 마음을 졸이며 교감에게 전화를 걸었다. 교감은 아무 대답도 하지 않았다. 오 선생의 얼굴이 석상처럼 굳어버렸다.

오후 4시 10분경, 이진우가 경찰에 이치훈 학생의 실종 신고를 했고, 오 선생은 치훈의 집에 전화를 걸어 그 사실을 알렸다. 이치훈의 어머니는 연락을 받자마자 함평으로 출발했다.

그때까지 버스는 함평 천지 휴게소에 머물고 있었다. 버스 기사가 짜증을 부렸다.

교감은 고속도로 나들목을 빙빙 돌아 함평 휴게소로 다시 왔다. 그는 머리끝까지 화가 나 있었다.

교감은 서울시 교육청에 전화를 걸어 학생 한 명의 실종 사실을 보고했다. 그는 일이 더 이상 커지지 않기를 바랐다.

"나머지 아이들은 모두 귀가 조치하세요. 어차피 여기는 내가 있으니까. 이진우 선생이 나하고 함께 있고, 나머지는 학부모님들 걱정하시니까, 모두 귀가하는 걸로 합시다. 오 선생, 힘드시겠지만 버스 인솔해서 서울로 먼저 가시고 아이들 모두 귀가할 때까지 신경 써주세요. 1학년 부장 연락해서 1학년 담임들, 학교에 집결하라고 해놓겠습니다."

"그렇게 하겠습니다, 교감 선생님. 계속 연락드리겠습니다."

"그래요. 나머지 아이들이라도 무사히 집으로 돌아가야지요. 아, 그 참, 오늘 새벽에 병원에 있던 아이들, 상태를 잘 좀 보시고……."

"무슨 말씀인지 알겠습니다."

그녀는 교감과 비장한 자세로 대화를 나누었다. 이진우는 그들의 대화에서 소외되었다. 그들은 아무 말도 하지 않았지만 이치훈의 실종이 이진우 선생의 책임인 것처럼, 그런 전제를 깔고 대화를 나누는 것 같았다.

휴게소 뒤편의 담장을 타고 넘어 함평 부근의 국도를 혼자 걷고 있던 이치훈은 양계장에서 닭 도축장으로 이동하는 하얀색 포터 트럭에 올라탔다.

키가 크고 마른 체형의 학생 하나가 양서·파충류 생태 공원 인근 도로를 걷고 있는 것을 목격했다는 제보도 있었다. 목격자의 진술과 이치훈의 옷차림이 일치했다.

그가 그 트럭에 타고 있었다는 사실은 오후 6시 20분경, 경찰이 23번 국도 CCTV의 녹화 영상을 확인하면서 확정되었다. 이치훈의 마지막 모습이 찍힌 카메라의 녹화 시각은 5시 19분이었다.

교감과 이진우는 경찰이 치훈의 모습을 확인한 6시 20분까지 함평 천지 휴게소에 있었다. 경찰의 연락을 받자마자 이진우는 교감에게 빨리 돌아가야 한다고 말했다.

"어디로 가잔 말이야?" 교감이 진우에게 물었다.

"보리밭으로요."

"보리밭?"

"네, 돌머리해변 근처요."

두 사람은 경찰에 그 사실을 알렸다.

5월 7일 토요일 오후 7시 18분 현재, 서울 새암고교 1학년 이치훈의 소재 및 생사는 아직 확인되지 않았으며, 이 학생이 타고 이동한 것으로 보이는 1톤 트럭은 긴급 수배에 들어갔다. 이 지역의 경찰 및 관계 기관 공무원들은 실종 학생을 찾기 위한 수색 및 검문에 나선 것으로 알려졌다. 지금까지 이치훈 학생이 트럭에 올라탄 것 외에는 어떠한 흔적이나 단서도 발견되지 않고 있다.

교감은 영광 나들목에서 차를 돌려 돌머리해변으로 향하는 838번 지방도로를 달렸다. 내비게이션 화면의 속도계가 196km/h를 표시했다.

11화
Ability

능력 1

차가 어둠 속을 달렸다. 번쩍이는 상향등이 걸어가는 사람의 등을 할퀴었다. 하얀 티셔츠가 번쩍하고 스쳤다.

"앗, 깜짝이야. 어이, 쌍!"

운전자가 핸들을 꽉 잡고 이빨을 깨문 채 욕했다.

유령인 줄 알았네. 깜빡 졸다가 사람을 칠 뻔한 아찔한 순간이 지나자 그는 다시 핸들을 잡고 크게 하품을 했다.

라디오를 켰다. 아이보리 색 후드티에 청바지를 입은 키 175센티미터의 고등학생이 동아리 캠프에 왔다가 실종되었다는 소식. 함평군 일대에 군경을 동원한 수색 작업이 벌어지고 있다는 둥, 어쩌고저쩌고…….

"여보, 아까 길가에 그 사람……."

"응, 뭐?"

"아니에요."

말 없는 어둠과 너저분한 바퀴 마찰 소리. 그러다가 뒷좌석에 있던 운전자의 아내가 다시 한마디를 던졌다.

"아까 그 사람 맞나 본데?"

"뭐가?" 운전자가 짜증을 냈다.

"여보, 여기가 어디쯤이야?"

그녀가 물었다. 운전자가 어디어디쯤일 거라고 대충 말했다.

그녀가 폰을 들고 전화를 걸었다. 운전자가 대충 말한 그 지점에서 그 학생을 봤다고, 그녀가 경찰에 신고했다.

밤 11시 30분쯤이었다.

자정이 다 됐을 때, 박창범과 이진우는 보리밭에 있었다.

경찰 두 명이 함께 있었다. 김경태 경사가 그중 한 명. 그들은 생라면을 씹어 먹다가 무전을 받았다. 신고 지점까지는 차로 40분 거리.

경찰차와 박창범의 자동차가 급히 그쪽으로 이동했다. 검은 도로 말고는 아무것도 없었다. 가로등도 없는 오래된 국도변, 휑한 바람이 불었다.

비가 올 것 같다고 김 경사가 말했다. 그는 진심으로 아이를 걱정했다.

처음 봤을 때와 달리, 김 경사가 착한 사람인 것 같다고 이진우는 생각했다. 이진우는 사람을 잘 믿는다. 믿을 수 없는 것을 그는 잘 믿는다.

자동차 두 대가 밤의 도로를 천천히, 비상등을 켜고 달리면서 살폈다. 치훈은 어디에도 없다.

"저기, 저거 뭐야?"

벌써 네 번째, 박창범은 저기 저걸 보라고 말했다. 순 허수아비들뿐이다. 밤이 깊었고, 비가 올 것 같다. 아이가 걱정이다. 이진우가 자기도 모르게 졸았다. 잠이 쏟아졌다.

이치훈 학생의 어머니가 서울에서 달려왔다. 아이의 외삼촌과 함께였다. 그러니까 그 사람은 치훈 엄마의 오빠다. 두 사람은 함평 경찰서 상황실에서 경찰들의 무전 내용을 들으며 애를 태웠다.

"치훈이, 잘 있을 거야. 아무 일 없을 거야. 걱정하지 마."

아이의 외삼촌이 말했다.

"정말, 정말, 꼭 살아 있어야 해. 치훈아, 꼭……."

"그런 말 하지 마. 살아 있을 거라는 그런 말."

오빠가 여동생의 손을 꼭 잡았다.

농지 수로 옆에 차를 댄 김 경사가 수로에서 손수건을 빨았다. 더웠다. 모기가 날고 개구리가 시끄럽게 울었다.

"그란디, 갸가 와 여그 다시 왔을 것 같소?"

김 경사가 다리를 벌리고 허리를 숙여 목덜미를 씻으면서 물었다. 이진우는 대답하지 않았다. 그도 모른다.

'정말 아이가 다시 돌머리해변으로 가려고 한 걸까? 아이를 보았다는 장소는 돌머리해변 도로에서 수십 킬로미터나 떨어진 곳이다. 아이는 왜 그곳을 걷고 있었을까? 제보가 확실할까?'

이진우가 경찰에게 묻고 싶은 말이 더 많았다.

벌써 새벽 2시. 박창범은 운전석 의자를 뒤로 젖히고 잠을 잤다.

"피곤하지 않으세요?" 이진우가 김 경사에게 물었다.

"나야, 일인께. 이 선생은 괜찮소?"

"저는……."

아이의 생사가 달렸으니까요, 이진우가 속삭였다. 울컥 눈물이 솟았다.

새벽 4시가 다 되도록, 이진우는 손전등을 들고 농지 주변 도로를 뒤지며 걷고 또 걸었다. 걷다가 졸기도 했다. 어떻게든 아이를 찾고 말겠다, 그도 목숨을 걸었다.

새벽 5시에 이진우가 길바닥에 뻗었다. 도로 옆 풀이 난 자리였다. 30분 정도 잤다. 헤아릴 수 없이 많은 곳을 모기가 물어뜯었다. 떡진 머리 사이에 벌레가 숨어 있었다. 이진우가 경악하며 깨어났다.

그는 말할 수 없이 무너진 몰골이었다. 동쪽 하늘에 푸른빛이 돌았다. 날이 밝고 있는 중이었다. 일어나 사방을 둘러보았다. 얼마나 걸어왔을까, 경찰차도 교감의 차도 보이지 않았다.

이진우는 다시 걸었다.

오전 7시, 빗방울이 떨어지기 시작했다.

쥐색 투싼 한 대가 천천히 달리고 있었다. 비도 오고 안개마저 자욱한 새벽의 도로. 운전자가 창문을 내렸다. 담배를 잡은 손이 창밖으로 삐져나왔다. 여자의 손.

여자는 그곳이 초행길이었다. 그녀는 계속 내비를 들여다보았다. 그녀는 서울에서부터 밤을 달려 함평으로 내려왔다. 그녀는 경찰도 아니고 선생도 아니고 아무것도 아닌 사람이었다.

그녀는 어젯밤, 감자탕 집에 있었다. 거기서 뉴스를 보았다. 소주 한 병을 비우고 다시 한 병을 시킨 후였다.

새암고등학교를 검색했다. 새암고 학생의 인스타그램을 찾아냈다. 실종 학생의 이름이 이치훈이라는 것, 아이들이 그곳 보리밭에서 크롭 서클을 목격했다는 얘기들이 있었다.

일곱 명의 아이들이 거기서 UFO를 목격했다며 시끄럽게 글을 올렸다. 아이들끼리 난리가 났다. 크롭 서클의 사진도 올라와 있었다. 언덕에서 아래를 향해 찍은 사진이었다. 이치훈은 그 일곱 명 중 하나였다.

그녀는 편집국장에게 전화를 걸었다.

"국장님, 이번 달 기사 마감이 언제죠?"

— 왜? 뭐 있어?

"특종감인데."

— 사흘 후야. 가능하겠어?

"사흘이면 지구도 정복할 수 있죠."

— 어디로 갈 거야?

"함평."

— 지금?

"네."

— 미쳤군.

"그래서 이혼당했죠."

— 알아서 해. 영수증 잘 챙기고.

"살림 잘하시겠어요."

— 지랄하지 마.

국장이 전화를 끊었다. 소주를 한 병 반쯤 마셨다. 머리가 약간 어지러웠지만, 일단 고속도로에 들어가면 음주단속은 안심이다. 그녀가 낡은 쥐색 투싼에 시동을 걸었다.

논밭만 펼쳐진 새벽 도로에 어울리지 않는 사람 하나가 보였다. 투싼이 그 사람 옆에 이르러 보폭에 맞게 속도를 줄였다.

투싼에 탄 사람은 창을 내리고 사람을 보았다. 얼굴이 약간 발갛게 그을리고 머리가 헝클어진 학생이었다. 유명 브랜드 후드티를 입고 있었다. 시골 아이 같지 않은 말끔한 생김새.

빙고! 어젯밤 차를 몰아 달려와 아이를 찾았다. 군경은 밤을 새워 찾아도 찾지 못했다.

"혹시 너, 이치훈이니?"

아이는 대답이 없었다. 그는 땅을 보고 걸었다. 고개를 약간 비스듬히 내리고 멍한 표정으로 중얼거렸다.

"너 이치훈 맞지?"

그녀가 다시 물었다. 말이 없었다. 그녀가 20미터쯤 앞에 차를 세우고 내렸다. 그리고 아이에게 다가갔다.

아이는 아무런 감각이 없어 보였다. 흡사 귀신에 씐 사람 같았다. 동공이 풀려 있었다. 그녀는 아이 옆에서 한참 걸었다.

자신의 차도 지나쳤다. 경찰에 전화를 할까, 생각했다. 그녀가 이치훈의 팔뚝을 살며시 잡았다.

"이십오분의 사, 백삽십사분의 오, 이십팔분의 육……."

아이가 괴상한 소리를 내며 자기 몸을 비틀어 그녀의 손을 쳐냈다.

"맛이 갔군."

그녀가 말했다. 뒤에 있는 차를 돌아보았다. 차는 도로 한가운데 어중간하게 서 있었다. 차를 버릴 생각을 하고 아이의 뒤통수를 보았다.

'뭔가 있어.'

그녀는 그렇게 생각하고 아이의 뒤를 따라 걸었다.

20분 후, 아이는 갑자기 앞을 향해 뛰기 시작했다. 그녀도 같이 뛰었다.

아이는 전속력으로 달렸다. 어디로 가는지도 불분명했다. 지나가는 몇 대의 차들이 두 사람을 이상한 눈으로 쳐다보았다.

아이는 오른쪽으로 꺾어 농지 도로 쪽으로 달려갔다.

그녀는 서른 세 살의 이혼녀다. 이혼녀라는 것이 그녀가 달리기를 못하는 이유를 설명해주지는 못했지만, 그녀는 아이를 따라잡을 수 없었다.

농지 도로는 직선으로 뻗어 있었다. 앞쪽으로 숲이 보였다.

'안 돼, 그리로 들어가면 안 돼.'

그녀는 아이를 놓칠 것만 같았다.

15초 후, 그녀의 시야에서 아이가 사라졌다. 그사이 휴대폰이 땅에 떨어져 배터리가 튕겨 나갔다. 그녀는 휴대폰과 배터리를 줍느라 4초의 시간을 낭비했다.

'어디로 갔지?' 아이는 없었다. '숲으로 갔나?'

숲이 시작되는 곳에 선명한 발자국이 보였다. 그녀는 숲으로 들어갔다. 급한 경사가 시작되는 곳이었다. 그녀는 발자국을 따라 산으로 기어올랐다.

오전 7시 36분에, 경찰이 다시 제보를 받았다. 실종자의 인상착의와 비슷한 학생이 뛰어가고 뒤에서 어떤 여자가 쫓아가고 있더라 했다.

"여자?"

경찰은 즉시 무전으로 제보를 알렸다. 현장에서 가장 가까운 곳에 있는 경찰이 먼저 그곳으로 가라는 지시가 있었다.

김 경사는 차에서 잠을 자다가 무전을 받았다. 그가 사이렌을 울리며 달렸다.

가는 길에 실성한 사람처럼 걷고 있는 이진우를 태웠다. 박창범 교감은 사이렌 소리를 듣고 경찰차를 뒤따랐다.

15분 후, 그들은 길가에 주차된 쥐색 투싼과 마주쳤다. 김 경사가 옆에 앉은 동료에게 차적 조회를 시켰다.

"서울 찬데요?"

"서울 차가 왜? 소유주는?"

"김경희, 나이 33세, 잡지사 기자."

"새끼들, 냄새 맡는 거 하나는!"

경찰은 투싼 옆에 차를 세우고 주변을 뒤졌다. 이진우와 박창범도 함께 주변 도로를 뛰어 다니며 이치훈을 외쳤다.

그때였다. 저쪽 농지 도로 끝에서 한 여자가 도로를 보며 소리를 질렀다. 여자는 손을 높이 들어 무지개 같은 반원을 크게 그렸다.

네 사람이 여자 쪽으로 달려갔다.

어떻게 된 거냐는 말을 묻기도 전에 여자가 먼저 숲의 경사면을 타고 올라갔다. 네 남자도 그녀를 따라 올라갔다.

수십 미터쯤 기어올랐을 때, 커다란 바위 몇 개가 나타났다.

“거북 바위!” 김 경사가 말했다.

여자가 바위 뒤편으로 오라고 손짓했다. 남자들이 그쪽으로 갔다.

온통 흙으로 더럽혀진 아이보리 후드티를 입고 있는 이치훈이 정신 나간 사람처럼 바위 밑의 땅을 파헤치고 있었다.

이진우와 박창범이 달려들어 아이를 말리고 일으켜 세우려 했다.

치훈이 두 사람의 완력을 이기고 계속 땅을 팠다. 그의 손에 피가 묻어 있었다.

“치훈아, 치훈아, 왜 그래! 치훈아?”

벅차오른 숨을 헐떡이며 이진우가 치훈을 말렸다. 치훈은 누구도 뜯어말릴 수 없는 힘으로 자신의 일을 계속했다.

"저, 저, 저게 뭣이여?"

김 경사가 갑자기 소리쳤다. 귀신을 만난 사람 같았다. 그의 눈을 따라 박창범이 시선을 아래로 내렸다.

치훈이 파헤치는 땅속에 길고 하얀 물체가 드러나 있었다. 부러진 나무막대기 같았다. 김 경사가 치훈을 거들었다. 그는 무언가를 확신한 듯했다. 꽉 깨문 이빨 사이로 거친 숨이 들락거렸다. 땅을 더 파헤치자 하얀 뼈가 선명하게 드러났다. 다리뼈였다. 김 경사의 숨소리는 울음소리로 변해가고 있었다. 작은 반바지, 파워레인저 캐릭터가 그려진 티셔츠, 상반신 쪽의 흙을 걷어내자 시커먼 구멍이 뚫린 두골이 나타났다.

치훈은 쉴 새 없이 알아들을 수 없는 말을 지껄였다. 동공이 풀린 눈에서는 계속 눈물이 흘렀다. 사람의 형체가 거의 드러났을 때 치훈이 땅에 얼굴을 대고 쓰러졌다.

땅에서 드러난 사람의 뼈는 그 크기와 두개골의 형태로 보아, 초등학생 정도 되는 아이의 유해로 보였다.

김경희 기자가 덜덜 떨리는 손으로 담뱃갑을 들고 담배를 꺼내려고 애를 썼다.

그들은 그제야 비가 오고 있다는 것을 알았다. 아득한 곳에서 섬 처녀의 노랫소리 같은 사이렌 소리가 들려왔다.

12화

Ability

능력 2

설명할 수 없는 일이 일어났다. 치훈이 발견한 유해는 1년 전 실종된 박 노인의 손주였다. 유전자 감식이고 뭐고 할 것도 없었다. 합성수지는 1년 동안 썩지 않고 버텨주었다. 그 옷만으로도 알 수 있었다.

김 경사가 현장에서 즉시 박 노인에게 전화를 걸었다. 박 노인과 그의 아내, 그리고 펜션 주인인 아이의 외삼촌과 외숙모가 현장으로 달려왔다. 유해 발굴 현장 주변의 증거 보존 때문에 발견된 지 3시간이 지난 후에야 아이는 가족의 품에 안겼다. 가족들은 하늘이 무너지듯 울었다. 곡소리가 빗소리를 잠재웠다. 아이는 죽은 후에 땅에 묻힌 것이 확실했다.

1년 전에 수도 없이 반복한 실종 전 마지막 정황을 가족들은 다시 한 번 경찰에게 말했다. 그 시간 부로 수사본부가 다시 꾸려졌다. 이번에는 아이의 살인범을 찾아야 하는 과제가 주어졌다.

이치훈은 근처 병원으로 후송되었다. 치훈은 탈진 상태로 계속 헛소리를 해댔다. 치훈의 어머니가 아이의 머리를 쓰다듬으며 자리를 지켰다.

박창범 교감과 치훈의 외삼촌이 뒤에서 그녀를 다독거렸다. 치훈이는 참 성실하고 공부도 잘하는 아이입니다, 어쩌고 저쩌고. 박창범이 뻔한 거짓말로 위로했다.

담배 냄새를 풍기는 낯선 서울 여자가 이진우와 함께 병원 복도에 머물렀다. 이진우는 그녀에게 세 번 정도 고맙다는 말을 했다.

"김경희입니다. 잡지사에서 일해요."

김경희가 명함을 내밀었다. 〈월드 파라노말 미스터리 한국지부 취재기자. 김경희.〉

"세계 곳곳에 감추어진 음모를 파헤쳐 정의와 진리를 밝히는 것이 저희의 사명이죠, 저희 국장이 어디 가서 소개할 때 이렇게 말하라고 했어요."

진우가 그녀의 명함과 소개말을 듣고 비뚤어진 입으로 연하게 웃었다.

"알아요. 좀 비현실적으로 들린다는 거." 그녀가 말했다. "크롭 서클을 보셨죠? UFO도?"

여자의 눈에 호기심이 가득했다. 진우는 피곤했다. KBS라면 모를까. 파라노말 뭐?

"많이 피곤하군요. 죄송해요, 기자님."

진우는 그녀와의 대화를 접고 싶었다. 치훈을 찾아준 건 고맙지만……. 근데 왜 저 여자는 가지 않고 저러고 있을까.

"괜찮아요. 기삿거리는 충분히 얻었으니까. 아이도 무사하고."

꼭 그렇게 말하지는 않았지만 다 내 덕이다, 하는 말이었다.

"좋아요. 물어보세요."

은혜는 갚아야겠다는 생각으로 진우가 물었다. 그런 삼류 잡지라면 박봉일 텐데, 몇 가지 기삿거리 정도야 줄 수 있지 않겠는가. 그런데 그녀는 오히려 당돌하게 말했다.

"이렇게 하죠. 선생님이 저한테 물어보세요. 제가 설명해드릴 테니까. 지난 이틀 동안 있었던 일들은 전부 알고 있어요.

인스타그램!"

김경희가 쌩긋 웃었다. 밝은 모습에 진우도 씩 웃었다.

이진우가 그녀의 하얀 볼을 보았다. 예쁘고 활달한 여자였다. 그녀는 몸에 딱 붙는 검정 바지와 하늘색 반팔 니트를 입고 있었다. 신축성 있는 옷의 소재가 매끄러운 그녀의 몸을 드러냈다. 그녀에게서 나는 담배 냄새가 섹시하게 느껴졌다.

"당혹스러우시죠? 이런 일들?" 그녀가 물었다.

"정리가 안 되네요. 귀신에 씐 건지……."

진우가 손바닥으로 얼굴을 닦았다.

"'섀도우 타임 리프'라고 해요. 저 학생이 가진 능력. 일부 UFO 조우자들에게서 나타나죠."

무슨 게임 용어처럼 들렸다. 섀도우 헌터, 섀도우 레이드, 그런 거.

"실제로 시간을 이동하는 건 아니고, 과거에 있었던 일이 머릿속에 영상으로 나타나는 거예요. 영적으로 민감한 무당들도 그런 능력을 가지고 있기는 한데, 비교가 안 돼요. UFO 조우자들이 섀도우 타임 리프를 할 때는 영화를 보는 것처럼 선명하게 본다고 해요. 구소련에서는 그런 능력을 가진 사람들을 집요하게 훈련시켰어요. 그래서 레닌이 암살당한 사실을 밝혀냈죠. 스탈린이 범인이라고 했대요. 결국 그 능력자들을 다 수용소로 보내 죽여버렸어요."

"혼란스럽군요. 그런 말씀들. 말도 안 되는……."

물론 이진우도 '우주의 신비'를 좋아했다. 그는 〈스타 트렉〉 오리지널 시리즈의 광팬이기는 했지만 그건 어디까지나 문학적 취향일 뿐이었다. 픽션을 리얼리티로 받아들이는 얼치기 과학도는 아니었다. 무엇보다 진우는 착실한 고등학교 과학 선생이었다. 수능 시험에 출제될 가능성이 없다면 그건 과학이 아니다, 진우는 그런 믿음이 있었다. 어디서 그런 말도 안 되는 사이비 과학을 들이대는가.

"이해해요. 사이비 과학이라고 생각하시겠죠."

진우가 움찔했다.

"지금 과학 교과서에 실려 있는 것들도 처음엔 다 사이비 과학이었어요. 안 그래요?"

그건 그렇지. 코페르니쿠스도, 케플러도, 뉴턴도, 심지어 아인슈타인도 처음에는 사이비라는 말을 듣지 않았던가. 패러다임을 벗어난 가설들.

"그럼 좀 더 과학적으로 말해보죠." 김경희 기자가 몸을 진우 쪽으로 돌리면서 말했다. "어떻게 해서 그런 능력이 나타나는 건지는 알 수 없어요. 1980년대에 그걸 설명하는 가설이 나오기는 했죠. 양파 껍질 시간 이론. 시간이 수천수만 겹의

얇은 층으로 구성돼 있다는 주장이죠. 우리는 그중 하나의 시간대를 살아가는 거고. 그 시간에서 발생한 일들이 다양한 시간 속에서 반복된다는 거예요. 이 시간에서 발생한 일의 인과관계는 저쪽 시간의 인과관계 속에 그대로 들어가요. 그러면 똑같은 일들이 다시 일어나는 거죠. 그러니까 치훈 학생은 다른 시간에서 실제로 일어나는 일들을 본 거예요. 요즘엔 그런 걸 평행우주론이라고 하죠. 양자 물리학……"

"그만, 그만. 그만하셔도 될 것 같아요. 충분히 혼란스러우니까."

진우가 날카롭게 그녀의 말을 잘랐다. 김경희는 말을 그만두었다. 그녀는 그네에 앉아 있는 것처럼 발을 의자 뒤로 넣었다 뺐다 하며 가만히 있었다. 진우가 좀 누그러진 표정으로 그녀를 보며 말했다.

"좋아요. 죄송해요. 말씀 막은 거. 어쨌든 김 기자님은 우리 치훈이를 도와주신 분이고 또 이런 일을 많이 아시는 분이니까, 한 가지만 여쭤볼께요. 어떻게 되죠? 그 섀도우…… 능력자들은? 신체에 이상이 생기거나 하지는 않나요?"

"90퍼센트 이상, 3년 이내에 머리에서 종양이 발견됐어요. 측두엽 쪽에서. 나머지는 간질 발작을 일으켰고."

진우는 그 말이 사실이라고 생각하지는 않았지만 그녀가

진실을 말하고 있다는 것은 느낄 수 있었다.

"아이들에게서 여러 가지 능력들이 나타날지도 몰라요. 가장 흔한 건, 텔레파시나 가벼운 염력을 쓰는 거예요. 화가 나면 물건이 날아다니고 그러죠. 근섬유 조직이 증폭되거나 하는 경우도 있고. 그건 조우자들마다 달라요. 아주 희귀한 경우에 외계인의 메시지를 듣는 경우도 있죠. 어떤 경우든 당사자들이 가장 힘들 거예요. 조우자들 대부분이 정상적인 사회생활에 실패했어요. 미쳐버리거나 자살하거나. 주변 사람들이 괴물로 보니까. 이 우주에 지구인만큼 보수적이고 고지식한 고등 생명체는 없죠."

이 우주에……, 창백한 푸른 점으로 흔들리는 지구의 사진을, 진우는 머리에 떠올렸다. 저 여자의 말을 전부 믿지 않는다 해도, 아이들이 힘들어할 것은 분명했다. 그는 좀 더 진지한 표정으로 그녀를 바라보았다.

"제 생각엔……, 선생님은 아마 제게 연락하시게 될 거예요. 명함 잘 간직하세요. 우리나라엔 UFO 조우자들 사회 적응 프로그램이 없으니까."

"다른 나라엔 그런 게 있나요?"

"적어도 다른 나라에선 사람을 지켜줄 만큼의 예의는 있죠. 자살률 1위, 굉장하죠? 선생님, 누군가는 아이들을 지켜줘야 해요."

그녀는 진우를 한참 동안 바라보았다. 진우는 그녀의 진심을 느꼈다.

"아 참, 그리고 이건 홍삼이에요. 피로 회복엔 그만이죠!"

김경희가 해초 냄새를 풍기는 진우의 떡진 머리를 보며 홍삼 한 팩을 내밀었다.

13화
Ability

능력 3

1986년에 개봉한 롤랑 조페 감독의 영화 <미션>은 이구아수 폭포의 장엄한 풍경과 더불어 천상의 소리를 닮은 아름다운 음악으로 유명하다.

이탈리아 사람 엔니오 모리코네가 그 영화의 음악을 작곡했다.

조페 감독은 신의 무한한 사랑과 인간의 야만적인 죄악을 동시에 연상시키는 음악을 만들어달라고 그에게 부탁했다고 한다.

모리코네는 영감을 떠올리기 위해 영화의 촬영지였던 아르헨티나의 이구아수 폭포를 2년 동안 여행했다. 그렇게 해서 나온 음악이 그 유명한 〈가브리엘의 오보에(Gabriel's Oboe)〉다.

남아메리카의 식인 부족인 과라니족을 전도하기 위해 가톨릭 신부가 높은 폭포의 절벽 위를 올라간다. 언제 갑자기 식인종이 달려들지 모르는 음침한 정글. 그들은 사람의 배를 가르고 창자를 꺼내 삶아 먹는다. 겁먹은 신부는 어깨에 멘 보따리에서 낡은 오보에를 꺼낸다. 모기가 들끓는 개울가에 앉아 신부는 그 곡을 연주한다. 〈가브리엘의 오보에〉.

오보에는 리드(갈대 조각)를 입에 물고 바람을 불어 넣으면 그 진동과 마찰이 소리를 만들어내는 악기다. 오보에의 소리는 인간의 목소리와 가장 유사하다고 알려져 있다. 오케스트라에서는 연주가 시작되기 전 오보에의 음정 '라'(A 키)를 롱톤으로 분다. 오케스트라의 모든 악기들은 그 소리를 기준으로 음정을 조율한다. 이때 오보에가 내는 '라' 음의 진동수는 440헤르츠(Hz)다.

바로크 풍의 장엄한 분위기와 섬세한 수학적 질서가 담겨 있는 〈가브리엘의 오보에〉는 듣는 이의 영혼을 사로잡는 신비한 매력을 가지고 있다.

〈넬라 판타지아〉라는 이름으로 더 유명하다.

우도윤은 매일 아침 〈넬라 판타지아〉를 노래하면서 목청을 가다듬었다. 아름답고 장엄한 그 곡을 부르고 있으면 도윤은 자신의 성대에 매끄러운 올리브오일이 발리는 것처럼 느껴졌다.

함평에서 있었던 어지럽고 불길한 일을 떨쳐내고 싶은 마음이었다. 일요일 아침이었고 밤새 아이들과 카톡을 하면서 심란한 대화를 나눈 뒤였다.

지구 어딘가에 크롭 서클을 만들면서 돌아다니는 외계인이 있다면 당장 만나서 혼내주고 싶었다. '떽, 어디 보리밭에!'

도윤은 〈넬라 판타지아〉를 부르면서 마음을 가라앉혔다. 그 풍요로운 멜로디의 오르내림이 그녀에게 평화를 가져왔다.

"몸은 괜찮니?"

엄마가 방문을 열고 따뜻한 우유를 쟁반에 담아 왔다. 아빠도 함께 들어왔다. 어여쁜 딸이 〈넬라 판타지아〉를 부르는 아침이라면 그곳이 어디든 천국으로 변한다.

"네, 좋아요. 상쾌한 아침!"

도윤이 발갛게 그을린 얼굴로 쌩긋 미소 지으며 엄마아빠의 볼에 뽀뽀했다. 그들은 도윤의 생기 있는 모습에 안심했다.

도윤은 미지근하게 데운 우유를 절반쯤 들이켠 후 컵을 피아노 위에 놓았다. 화려한 보석처럼 빛나는 크리스털 컵이 하얀 우유를 품고서 피아노 위에서 찰랑거렸다.

"난 우리 딸이 부르는 그 노래를 들으면 천국에 온 것 같아!"

아빠가 함박 입을 찢어 말했다.

어제 아침, 연락받고 어찌나 놀랐던지, 허겁지겁 함평으로 차를 몰았다. 내려가던 도중에 서울로 출발한다는 말을 듣고 다시 차를 돌려 올라왔다. 어지러운 연휴였다.

"다시 한 번 불러줄 수 있겠니?"

아빠가 부드럽게 웃으며 물었다. 그는 딸아이의 평화를 다시 한 번 확인하고 싶었다.

도윤이 피아노 앞에 앉았다. 숨을 가다듬은 다음, 길쭉하게 뻗은 열 개의 손가락으로 고음과 저음이 조화롭게 교차하는 풍부한 스케일을 반주했다.

그리고 섬세한 멜로디를 손가락으로 짚어가며 도윤이 〈넬라 판타지아〉를 노래하기 시작했다. 아빠와 엄마는 도윤의 목소리에 사로잡혔다.

전보다 더 성숙하고 풍부한 음량, 이제는 아이가 아니라 거의 성인이 된 딸아이의 목에서 나오는 소리는 하늘을 가르고 강림하는 천사장 가브리엘의 모습을 연상시켰다.

그 소리가 어찌나 깊고 풍요롭던지 아빠는 도윤의 노래를 들으면서 자기도 모르게 눈물을 흘렸다. 감출 수가 없는 눈물이었다. 그 소리가 심장을 어루만지는 듯했다. 모든 걱정과 근심이 마음속에서 씻겨 나가는 느낌이었다. 그는 부끄러워 고개를 숙였다.

도윤의 엄마는 거의 통곡에 가까운 눈물을 흘렸다. 얼굴의 절반이 흘러내리는 눈물로 젖어 번들거렸다.

한 테마의 연주가 끝나고 다음 테마로 이어지면서 도윤은 한 키를 올렸다. 그 성량이 얼마나 풍부한지 피아노의 동선이 웅 하고 따라 울 정도였다. 피아노 위에 얹어놓은 유리컵에도 진동이 전해졌다. 고급 크리스털 유리컵에 담겨 있던 우유가 파르르 떨리면서 출렁거렸다.

〈넬라 판타지아〉는 마지막 클라이맥스에 이르면 최고음부의 음정에서 길게 끌며 올라갔다가 차분하게 내려가면서 마무리된다.

도윤은 그 부분에 이르기 직전 잠깐 망설였다. 이미 한 키를 올렸다. 평소에는 거기서 멈추었다. 늘 그 높은 음계에 도달하지 못하고 목청이 꺾였기 때문이다. 그런데 왠지 오늘은 거기를 부를 수 있을 것 같았다. 도윤은 마음 깊은 울림으로 최고음부의 음정을 향해 목청을 돋우었다.

그리고 고음부의 소절에서 길게 음을 뽑았다. 마음만 먹는다면 두 단계 높은 음까지 올라갈 수 있을 것 같았다. 그리고 이구아수 폭포에서 떨어지는 기분으로 엔딩 멜로디로 음을 옮겼다.

순간 도윤의 목에서 나온 소리의 파동이 유리컵의 표면을 때렸다. 프랑스 리옹 지방의 한 장인이 만들었다고 늘 자랑하던 엄마의 보물 슈브랭 크리스털 컵은 도윤이 부르는 〈넬라 판타지아〉 최고음부 영역의 음정에서, 아주 불안하게 진동했다.

열일곱 살 먹은 여자아이의 성대에서 나온 소리의 진동은 보이지 않는 주파수의 과격한 변화를 그리며 미세하게 물결쳤다. 크리스털 컵은 그때까지 한 번도 경험해본 적 없는 강한 진동을 느끼며 떨렸다. 그리고 그 주파수가 유리의 분자 배열을 교란시켰다.

유리컵은 도윤의 아름다운 목소리가 길게 울려 퍼질 때 갑자기 폭발했다.

〈넬라 판타지아〉의 최고음부 영역에서 낮은 음정으로 옮겨가는 연주 부분에서, 피아노 위에 팔을 괴고 있던 아빠는, 폭발하는 크리스털의 파편에 맞아 악, 하고 고개를 숙였다.

크리스털 컵은 수류탄이 터지는 것처럼 퍽 하고 순식간에 폭발했다.

폭발하기 직전에 아빠는 컵이 떨리는 걸 느꼈고 그것을 쳐다본 순간, 컵이 폭발했다. 미세하고 날카로운 유리 파편이 사방으로 튀었다.

1962년에 제작되어 한 시대를 풍미했던 슈브랭 크리스털 시리즈는 총 일곱 개의 유리컵과 수십 개의 식기들로 구성돼 있다. 그것은 요한 묵시록의 일곱 천사를 상징한다. 도윤의 엄마는 시집올 때 그 시리즈를 혼수로 가져왔다.

그 일곱 개의 유리컵 중 하나가 5월 8일 일요일 아침 8시경, 알 수 없는 이유로 폭발했다.

유리 파편에 얼굴을 다친 도윤의 아빠는 즉시 병원으로 갔다. 유리 조각이 너무 잘게 박살 나 얼굴에 박히는 바람에, 5시간 동안 수술이 이어졌다. 22개의 유리조각이 나왔다. 다행히 눈을 다치지는 않았다.

컵이 박살 나면서 퍼져나간 파편이 사방으로 튀었기 때문에 침대는 물론이고 벽지에까지 유리가 박혔다. 그 유리조각을 다 수거하는 것은 거의 불가능에 가까웠다.

컵이 폭발한 순간, 아빠는 우유와 피로 범벅이 된 얼굴을 감싸 쥐고 욕실로 달려갔고 엄마가 뒤따라갔다.

크리스털 컵의 폭발과 자신의 노래 사이에서 아무런 개연성도 발견하지 못한 우도윤은 설명할 수 없는 공포에 휩싸여 그 자리에 주저앉았다. 그녀는 펑펑 울면서 떨리는 가슴에 손을 대고 몇 번이나 숨을 가다듬었다.

어제 병원에서 동훈의 뒤에 있던 정수기 물통이 펑 하고 터지며 공중으로 솟아올랐을 때도 도윤은 그와 비슷한 두려움을 느꼈었다. 그녀는 자기 눈앞에서 벌어지는 모든 일들이 어쩌면 보리밭에서 있었던 일 때문이 아닐까, 의심하기 시작했다.

그때 도윤의 휴대폰이 울었다.

고인아였다.

14화

Ability

능력 4

고인아는 세 명의 친구들에게 차례차례 전화를 걸었다.

오전 8시 6분, 우도윤.

오전 9시 13분, 김철산.

오전 9시 25분, 최동훈.

딱히 용건이 있는 건 아니었다. 새벽까지 카톡방에서 나눈 대화에서는 우주 전쟁 얘기까지 나왔으니 더 이상 할 말이 없었다. 다들 놀라고 두려워하면서도 호기심이 가득했다. 그때까지도 아이들은 자신들에게 어떤 변화가 생겼는지 알지 못했다.

고인아가 세 친구에게 전화를 건 이유는, 굳이 말하자면,

전화를 걸어야 할 것 같아서였다.

전화를 걸 때마다 그들은 잔뜩 상기되고 떨리는 목소리로, 인아야 나중에 전화할게, 하고서 전화를 끊었다.

그들은 나중에 전화를 걸어 자신들이 처한 상황을 얘기해 주었다. 우도윤은 노래하는 도중에 갑자기 유리컵이 폭발했다고 말했다.

"아빠 얼굴에 유리가 박혔어. 나 지금 병원이야. 다시 전화할게."

김철산은 일요일이면 하루 종일 피트니스센터에서 살았다. 철산은 인아와 같은 중학교를 다녔다. 철산이 중학교 2학년 때 부모님이 이혼했다. 그는 늘 누군가를 죽이고 싶다고 말했다. 사람을 죽이는 대신 헬스장을 찾은 건 참 잘한 일이라고 인아는 생각했다. 철산은 몸이 무너질 때까지 헬스장에서 살았다. 중학교 2학년을 보내는 동안 그는 하루 5시간 가까이 기구를 들었다.

철산은 경찰서에서 인아 전화를 받았다.

"왜?" 인아가 깜짝 놀라 물었다. "너 또 사람 팼어?"

"아니."

"그럼 왜?"

"기구가 망가졌는데, 매니저가 나보고 변상하래."

"어떻게 했길래 그게 망가져?"

"구부러졌어."

"뭐?"

"그냥 구부러졌어. 손잡이하고 발판 같은 거 전부 다. 운동 기구 다섯 개가."

"그, 그게 원래 그렇게 쉽게 구부러지는 거야?"

"아니. 전부 합금 같은 거 아냐? 나도 어떻게 된 건지 모르겠어."

"근데 왜 너보고 변상하라는 거야?"

"그러니까 말이야. 그게 사람 힘으로 구부러지는 게 아닌데. 나보고 어떤 도구를 써서 그렇게 했는지 솔직히 말하래. 기구 다섯 개 합쳐서 천만 원이 넘는대. 인아야, 지금 엄마하고 새아빠 왔어. 나중에 통화해."

분명, 무슨 일이 벌어지고 있는 것이 확실했다. 강철이거나 스테인리스로 돼 있는 기구를 고1짜리 남자애가 손으로 구부려 망가뜨렸다고?

게다가 최동훈은 더 난감한 상황이었다.

인아가 전화했을 때, 동훈은 전화를 받지 않았다. 인아는 불안했다. 내가 옆에 있어야 하는데, 그런 생각을 하다가 얼굴이 붉어졌다. 동훈은 불안한 사춘기를 보내고 있으니까, 내가 옆에 있는 게 좋겠다는 거지, 하면서 자신을 합리화했다. 인아는 계속 전화를 했다. 다섯 번째 시도에서 그의 동생이 전화를 받았다.

"동진아, 왜 네가 받아? 형 좀 바꿔줘."

"형, 지금 전화 못 받아요."

"왜?" 인아는 가슴이 두근거렸다. "왜 못 받아? 무슨 일 있니?"

"그게, 저……."

"괜찮아. 말해봐."

"집이 무너졌어요."

"뭐, 뭐, 뭐? 집이 뭐?"

"집이 무너졌다고요. 전부 다 죽을 뻔했어요."

"집이 어떻게 무너졌는데?"

"지진 난 것처럼 집이 심하게 흔들리더니 벽에 금이 가고, 가구들이 다 쓰러지고 그랬어요. 그때 형이랑 아빠가 싸우고 있었는데, 갑자기 지진이 나서 다들 집 밖으로 뛰쳐나갔어요. 그리고 집 천장이 무너져내렸어요. 쾅!"

"정말 지진 난 거 아냐? 다른 집은?"

"옆집이랑, 앞집이랑 다 괜찮아요. 우리 집만 그래요. 아빠 말로는 부실공사라서 그렇대요."

"너네 거기 오래 살지 않았어?"

"할아버지 적부터 살았어요. 88올림픽 때 지었다고 그랬어요."

"그럼, 콘크리트가 더 강하게 굳어지는데……. 형은 왜 전화를 못 받아?"

"형 집 나갔어요. 어디 갔는지 몰라요. 아침에 아빠랑 대판 싸우고 집 무너지는 거 보면서 도망갔어요. 미친놈처럼, 막 뛰어서 도망갔어요."

"아빠랑 왜 싸웠는데?"

"그러니까, 어……, 형은 외계인이 있다고 했고, 아빠는 어디서 그런 말도 안 되는 얘기를 하느냐고 했고, 형은 그럼 창조론은 말이 되느냐고 따지니까, 아빠가 진화론은 사탄의 가르침이라고 하면서 형 싸대기를 때렸고……."

동훈의 아버지는 신도 수가 4천 명이 넘는 대형 교회의 담임목사였다. 동훈은 사춘기에 접어들면서 아버지와 싸우는 일이 잦았다. 중학교 때까지는 공부도 잘하고 잘생겨서 어딜 가나 주목받는 착한 아이였다. 지금도 여전히 모든 걸 잘하는 친구지만 어디로 튈지 모르는 격정이 동훈의 가슴속에 웅크리고 있었다.

오늘 아침 집이 무너진 것에 비하면 어제 정수기 물통이 터진 건 아무것도 아니다. 인아는 서서히 무엇인가를 확신하게 되었다. 아니, 의심하게 되었다.

엇그제 새벽, 보리밭에 나타난 그것. 그것이 이 모든 일의 원인인 것 같았다.

'정말 우리가 본 게 UFO였을까? 그것이 우리들에게 이상한 광선을 쏴서 아이들 신체에 변화가 나타난 걸까? 그냥 우연의 일치가 아닐까? 그럴 수도 있겠다. 어쩌다가 유리컵이 폭발하고 정수기 물통이 터지고 집이 무너질 수도 있겠지. 어쩌다가 강철이 사람 힘으로 구부러지고 그러겠지. 아, 이 모든 게 비현실적이야. 그럼 뭐가 현실적일까? 혹시……, 우리들 모두가 그들을 만난 건 아니었을까?'

인아는 현실과 비현실의 경계를 가르는 명확한 기준을 찾을 수 없었다. 뚜렷한 목적 없이 수중을 배회하는 해파리처럼 막을 수 없고 벗어날 수 없는 불길한 일들이 자신과 친구들에게 닥쳐오는 것 같았다.

인아는 변기태와 박에스더를 걱정했다. 하지만 두 친구에게는 전화를 걸어야 한다는 다급한 마음이 들지 않았다. 그래도 혹시 하는 마음에 카톡으로 물었지만 답이 없었다. 어쩐지 그들은 잘 있는 것 같다는 생각이 들었다.

'기태는 아직 자고 있을 거야. 기태는 아직 변화를 느끼지

못하고 있어. 에스더는, 그 아이는 뭔가가 있기는 한데, 그게 뭔지 모르겠어.'

그러다 문득, 자신에게는 그런 변화가 없을까, 생각해보았다. 그녀는 자기 방의 집기들을 둘러보며 찬찬히 살폈다. 금이 가거나 찌그러진 것은 없는지, 혹은 거실 벽에 금이 가지는 않았는지. 집 안 여기저기를 탐정처럼 들쑤시고 다녔다. 다행히 집에는 아무 이상이 없었다.

'휴, 다행이다!' 하는 생각이 머리를 스친 순간, 인아는 고개를 가로저었다. 아니 그렇지 않다. 우리 집에 아무 이상이 없었다 해도 친구들에게 불길한 일이 닥친다면 그건 다행이 아니다.

'만약 그 모든 일이 과학적으로 설명할 수는 없지만 실제로 일어나고 나타나는 일이라면?' 인아는 두려움을 느꼈다.

도윤은 유리컵을 박살냈고, 철산은 강철을 구부렸으며, 동훈은 집을 통째로 무너뜨렸다. 친구들은 괴물로 변해가고 있었다.

인아는 새로운 카톡방을 개설해 여섯 명의 친구들을 초대했다.

[슈퍼 쎄븐-오늘 오후 5시, 짜바 타워로 다들 모여!]

인아가 아이들을 호출했다.

15화
Ability

능력 5

변기태는 눈을 깜빡거리는 습관이 있다. 날 때부터 온갖 몹쓸 질병을 가지고 태어난 이 아이는 고등학교 1학년이 된 지금까지 100여 가지의 각종 질환을 경험한 바 있다.

초등학교는 아슬아슬하게 출석 일수를 채워 졸업했지만 중학교 때는 2학년을 두 번 다녀야 했다. 그때 기태는 심각한 척추측만증으로 6개월 넘게 무거운 추를 매달고 병원에 누워 있어야 했다. 지금도 기태는 다리를 전다.

기태의 아버지는 아이가 살아 있는 것에 감사했다. 45만 평의 땅을 가진 그의 아버지는 기태를 위해, 땅을 팔아 할 수 있는 모든 일을 다 했다. 하지만 땅을 팔아도 할 수 없는 것이 있었다. 기태에게는 엄마가 없었다. 그의 엄마는 기태를 낳고 얼마 안 돼 세상을 등졌다.

기태의 아버지는 자상하고 따뜻한 사람이었다. 실없는 농담을 즐겼고 통이 큰 사람이었다. 그는 기태가 마음껏 뛰어다니기를 바라는 마음으로 300평의 땅을 다져 운동장을 만들어주었다. 그곳에는 공원에서 볼 수 있는 웬만한 놀이기구가 다 갖추어져 있었다. 동네 아이들이 놀러 와서 기태와 친구가 되었다.

초등학교 4학년 때, 기태가 무선 자동차에 관심을 보이자 자동차 트랙을 만들어주었고 드론에 관심을 보이는 최근에는 그 옆에 200평의 땅을 더 넓혀 관제탑 비슷한 건물을 직접 만들어주었다. 기태는 12미터 높이의 타워 꼭대기에 만들어놓은 비행접시 모양의 방에 들어가 사춘기의 소년이 아버지 몰래 할 수 있는 많은 일을 했다. 천식 때문에 담배는 피우지 못했지만 가끔씩 맥주도 마시고, 매우 자주 야동도 보고, 또 아주 가끔씩 공부도 하고 그랬다.

기태는 눈을 깜빡이는 습관이 있다. 그래서 아이들은 기태의 드론 관제탑을 짜바 타워라 부른다. '짜바(眨巴·잡파)'는 중국어로 눈을 깜빡거리는 행동을 말한다.

"나 지금 무지 심각해."

짜바 타워에 아이들이 모였을 때, 기태가 말했다. 녀석은 대체로 즐거워했고, 아주 가끔씩 조금 즐거워했다. 그러니까 그는 늘 즐거운 얼굴로 눈을 깜빡거리며 다리를 절었다.

그런데 지금 그는 즐거워 보이지 않았다.

"왜? 넌 무슨 일이 있었는데?"

타워 홀에 들어서면서 인아가 물었다. 인아를 뒤따라 들어온 다른 아이들도 다크 서클이 내려앉은 기태의 눈을 보고 근심스런 표정을 지었다.

"맛이 갔어."

기태가 머리에 손을 얹고 눈을 감은 채 대답했다.

"뭐가?"

"누가?"

아이들이 물었다.

"저것들이 내 말을 안 들어."

"뭐가?"

"모든 게. 전자기기들 전부가 날 배신한 것 같아. 다 오작동을 해. 밤새도록 회로를 재조립했고 오늘 낮에는 용산에 가서 회로를 사다가 다시 조립했는데도 안 돼. 어제 오늘 3천만 원 정도가 날아갔어. 저것들 다 갖다 버려야 해."

짜바 타워에는 온갖 신기한 전자 장비들이 가득했다. 무선 자동차, 드론, 〈스타워즈〉에 나오는 R2D2와 비슷하게 생긴 로봇까지. 그는 기계를 사람보다 좋아했다. 기태는 회로를 짜거나 프로그램을 만들 줄도 알았다. 기태가 '알쓰리(R3)'라고 부르는 로봇은 음성 인식 회로를 달고 있어 말소리에 반응했다.

알쓰리의 머리통이 활짝 열려 있었다. 회로판이 삐져나온 모습이 꼭 혐오스런 현대미술 작품처럼 징그럽게 보였다. 기태가 알쓰리의 대가리를 드라이버로 통통 두들기며 말했다.

"한밤중에 이상한 소리가 나더라고. 깨서 봤더니 얘가 나를 향해 돌진해 오는 거야. 내가 몸을 피했기에 망정이지 그대로 있었으면 이놈한테 깔렸을 거야. 얘 몸무게가 90킬로그램이거든. 공포 영화 찍는 줄 알았어. 사탄의 로봇."

"난 천만 원이야." 철산이 갑빠를 씰룩거리며 말했다. "기구 다섯 대가 구부러졌어. 새아빠가 변상해주기로 했어."

"그건 아무것도 아니야. 난 아마 못해도 5억 정도는 될 거야."

동훈이 가장 큰 절망을 부르짖었다. 아이들이 입을 쫙 벌렸다.

"집이 무너졌거든."

"오, 저런! 세상에……."

그들은 자전거를 타다가 넘어진 사람을 위로하듯이 태연

하게 대꾸했다.

아이들은 이제 그 모든 일을 현실로 받아들이고 있었다. 그들의 탄식은 '어떻게, 왜?'를 묻지 않았다. 그들은 더 이상 어떻게 해서 그런 일들이 일어나는지 궁금해하지 않았다. 일어날 일이 일어난 것이다. 자전거를 타다가 넘어지는 것처럼.

"우리 아빠 얼굴엔 평생 흉터가 남을 거야. 유리컵이 폭발했어. 파편이 아빠 얼굴에……."

도윤이 두 손으로 얼굴을 가렸다. 그건 물건이 망가진 것과는 달랐다. 괜찮을 거야, 친구들이 그녀를 위로했다.

"다들 뭔가 변화가 생겼어. 틀림없어."

인아가 손가락으로 턱을 꼬집었다.

"변화? 이게 그렇게 간단한 거야? 이건 턱에 수염이 나고 가슴이 나오고 하는 거하고는 달라."

작게 도드라진 인아의 가슴을 (무의식적으로) 쳐다보며 철산이 말했다.

"그래, 맞아. 변화라는 말로는 안 되지. 한번 확인해볼까?"

인아가 재미있어 하는 표정을 지으며 말했다.

"뭘?"

아이들은 되물었지만 이미 인아의 제안에 동의한 거나 마찬가지였다.

"철산, 너부터 해봐. 구부려봐."

인아가 철산에게 말했다. 아이들이 철산을 바라보았다. 차력 서커스를 구경하는 동네 아이들 같았다.

"그 전에 고백할 게 있어. 기태야, 사실은 아까 여기 올라오다가 철제 난간을 잡았는데……."

철산이 머리를 긁으며 쭈뼛거렸다.

"스테인리스 난간?" 기태가 당혹스러워하며 되물었다.

"어. 그게 뽑혔어. 다시 끼우려다가 벽에 살짝 금이 갔어. 미안해."

"괜찮아. 걱정하지 마. 3천만 원에 100만 원 정도 더해진 거니까. 신경 쓰지 마."

정말 별것도 아니라는 듯이 기태가 웃었다.

철산이 홀 바닥을 뒹구는 전자 장비들을 보았다. 철산은 거기서 시선을 돌려 반대편 벽 쪽으로 천천히 걸어갔다.

그곳에는 나무로 만든 넓은 작업대가 있었다. 납땜 기구도 있고 정밀한 게이지 같은 것들이 벽에 잔뜩 걸려 있었다.

철산이 본 것은 작업대 왼쪽에 탄탄하게 박혀 있는 바이스였다.

철산이 거기에 손을 얹었다. 오른손으로 바이스의 몸체를 쥐고 앞뒤로 흔들었다. 바이스는 강철 볼트로 고정돼 있었다.

우지끈하며 나무 부러지는 소리가 났다.

기태는 자기 살갗이 찢어지는 표정으로 그 광경을 지켜보았다. 바이스가 작업대에서 뽑혔다. 길이 10센티미터 정도 되는 네 개의 볼트가 휘어졌다. 바이스가 고정돼 있던 나무 작업대는 속이 빈 스펀지처럼 찢어졌다.

"저 작업대는 아이언 우드(iron wood)야. 지구에서 가장 강한 나무지. 쇠만큼 강해. 비중이 커서 물에 가라앉는 나무. 리그넘바이트라고도 하는데, 철산아. 네가 방금 부순 건, 아주 비싼 수입목이야. 난 가격도 몰라."

기태가 남의 일 보듯 말했다.

"그것도 해봐."

기태가 철산의 손에 있는 바이스를 가리켰다. 파란색 페인트칠이 군데군데 벗겨진 바이스는 공룡 이빨처럼 생겨 아귀가 맞물리게 돼 있는 강철 주물 공구였다.

철산이 두 손으로 바이스의 아귀를 잡았다. 흡, 하고 힘을 주자 그의 팔뚝 근육이 둥글게 부풀어 올랐다. 철산은 반팔 면 티셔츠를 입고 있었는데, 사실 그건 쫄티로 봐야 한다. 팔뚝이 얼마나 크게 부풀었는지 팽창된 면사가 그의 팔뚝에서 불거져 나온 혈관을 그대로 보여주었다.

철산의 얼굴이 부르르 떨렸다. 그는 두 손으로 바이스를 잡고 왼손과 오른손을 반대 방향으로 비틀었다.

바이스가 천천히 휘어들었다. 끼이잉, 끼이잉, 고문을 당하며 고통스럽게 울부짖는 노예의 음성 같았다. 눈에 보이지는 않았지만 바이스는 물리적 변화를 겪고 있었다. 철산이 참았던 숨을 한 번 내쉬었다. 그러고는 크게 숨을 들이쉰 후, 이윽고 그가 헙, 하고 기합을 주며 두 손을 비틀었다. 바이스는 꽈배기처럼 꼬이면서 비틀렸다.

아이들은 입을 벌린 채 그 놀라운 차력의 광경을 지켜보았다. 아귀가 비틀려 꼬인 무거운 바이스 뭉치가 바닥에 쿵 떨어졌다. 철산의 몸이 땀으로 범벅이 돼 있었다. 그는 거칠게 숨을 몰아쉬었고, 자랑스럽게 근육을 씰룩거리며 인아를 보고 웃었다. 아이들은 한동안 말이 없었다.

"철산아, 그걸로 어떻게 대학에 갈 수 있을지 고민해봐."

인아가 살짝 웃었다. 철산이 머리를 벅벅 긁었다.

"나도 한번 해볼래." 도윤이 말했다.

"뭘? 저거?"

기태가 바닥에 떨어진 무거운 바이스와 바비 인형처럼 가냘픈 몸매로 팔랑거리는 도윤의 몸을 번갈아 보았다.

"아니, 노래. 들어봐."

도윤은 홀을 둘러보았다. 슈브랭 크리스털 컵만큼 비싸거나 그 정도로 단단한 물체를 찾고 있었다. 도윤이 벽 쪽으로 걸어갔다. 아이들의 고개가 그녀의 이동 방향을 따라 꺾였다.

도윤은 벽에 걸린 사진 앞에 섰다. 교실 태극기 정도 크기의 액자가 벽에 걸려 있었다. 기태가 무선 자동차 대회에 나가 우승컵을 위로 치켜들고서 환하게 웃고 있는 사진이었다. 휠체어에 앉아 있는 기태는 정말 비쩍 마른 작은 꼬마였다.

도윤은 사진 유리에 비친 자기 모습을 보며 머리를 만졌다. 길고 번쩍이는 머릿결에서 상큼한 레몬향이 올라왔다.

그녀가 아주 작은 소리로 노래를 부르기 시작했다. 가사는 없고 멜로디만 있는 음정을 아아아, 하는 소리로 불렀다.

"Aria on the G!"

인아가 아이들 쪽으로 고개를 돌려 흥분한 얼굴로 웃으며 속삭였다.

"그게 뭔데?" 철산이 물었다.

"G선상의 아리아."

"그러니까 그게 뭐냐고?" 그가 다시 물었다.

"바흐."

철산이 계속 고개를 갸웃거렸다. 아이들이 철산을 째려보았다.

철산은 그 노래가 어떤 노래인지는 몰랐지만, 언젠가 어딘가에서 들어본 적 있는 친숙한 멜로디였다. 어느 구슬픈 밤에, 창밖에는 비가 내리고 어두운 방에서 혼자 울고 있던 자신의 모습이 머리에서 떠올랐다.

"너, 아빠랑 살래, 엄마랑 살래?" 아빠가 그렇게 물었었다. 철산은 그 말을 듣고서 아무런 대답도 하지 않고 조용히 자기 방으로 들어갔다. 아빠가 철산을 무등태우고 걸어가던 공원의 햇살, 이불 속에서 엄마아빠와 장난치던 어린 시절을 떠올리며 그 구슬픈 밤을 지새웠었다.

철산은 도윤의 노래를 듣다가 갑자기 그 비 오는 밤이 머리에서 떠올랐다. 철산의 얼굴에서 땀과 눈물이 뒤섞였다. 그건 다른 친구들도 마찬가지인 것 같았다. 기태도 동훈도 고개를 숙인 채 도윤의 노래를 들었다.

도윤은 복합 화음부가 이어지는 부분에서 두 개의 음을 동시에 섞어가며 불렀다. 사람의 목에서 어떻게 그런 소리가 나올 수 있는가. 도윤의 노랫소리는 평온한 소리로 가슴을 짓이기는 슬픔을 쏟아냈다가 그것을 다시 닦아냈다.

그러다가 갑자기 쩍, 하고 액자가 갈라졌다. 모두들 정신이 번쩍 들어 액자를 보았다. 도윤이 노래를 멈추었다. 유리 조각이 바닥으로 떨어졌다.

철산이 힘차게 박수를 쳤다. 그는 얼굴에 묻은 땀과 눈물을 손으로 비비며 처음으로 클래식 음악을 들어본 농부처럼 감동에 휩싸여 박수를 날렸다. 그리고 액자를 보다가 박수를 멈추었다. 도윤은 손 하나 까딱하지 않고 액자를 깨트렸다.

"이젠 네 차례야."

인아가 조용히 동훈 쪽으로 고개를 돌리며 말했다.

"나?"

동훈이 불안한 눈으로 아이들을 둘러보았고, 아이들은 더욱 불안한 눈으로 그를 보았다.

"난, 어떻게 하는지 잘 몰라. 그냥 화가 나면 그런 일이 생기는 것 같아."

"그럼 화를 내봐." 철산이 부추겼다.

"어떻게 나지도 않는 화를 내니? 갑자기." 도윤이 철산을 꾸짖었다.

"내가 해볼게."

기태가 자리에서 일어나 동훈 쪽으로 다가섰다. 동훈의 얼굴에 자기 얼굴을 바짝 갖다 댔다. 코가 거의 닿을 것 같았다.

"네 아버진 사기꾼이야."

기태가 동훈의 코에 대고 속삭였다. 동훈이 눈을 번쩍 치켜떴다.

"4천 명 신도들을 아편 같은 달콤한 말로 속여 돈을 뜯어가는 사기꾼!"

"뭐라고!"

동훈이 버럭 소리를 질렀다.

그때 홀의 한쪽 벽을 커다랗게 감싸고 있던 거대한 통유리가 쩍 하는 소리를 냈다. 찌지지이익, 통유리에 생긴 금이 순식간에 복잡한 혈관 같은 지도를 그리며 번져나갔다. 아이들이 두려운 눈으로 통유리 옆에서 떨어졌다.

"이것도 100만 원쯤 할 거야. 3200만 원이야. 난 이제 아빠한테 죽었어. 동훈아, 방금 그 말은 진심이 아니었어. 미안해."

기태가 통유리를 손으로 쓰다듬으며 말했다. 동훈이 그를 노려보며 천천히 숨을 골랐다.

"넌? 넌 어때, 고인아?"

동훈이 숨결 끝에 인아에게 물었다.

"나? 다행인지 불행인지 나한텐 그런 게 없어. 그 능력이. 혹시나 해서 방바닥 장판까지 들춰봤는데 멀쩡해. 금 하나 안 갔어. 유리컵도 모두 무사해. 그러니까 '슈퍼 쎄븐'이 아니야. '슈퍼 식스'라고 해야겠네."

아쉬움과 안도감이 뒤섞인 얼굴이었다. 인아가 안경을 만지작거리며 아이들의 눈빛을 피했다.

그녀는 머리가 아주 약간, 조금 큰 것 말고는 어디 한 군데

흠 잡을 데 없는 미모와 몸매를 가진 아이였다. 성숙한 그녀의 몸에서는 차분하고 깊은 향기가 느껴졌다.

인아는 모든 선생님들에게 사랑받는 아이였다. 어딜 가나 인아 주변에는 그녀의 호감을 얻고 싶어 하는 사람들이 있었다. 하지만 인아는 자신의 완벽함을 포장하거나 내세우거나 그걸 이용하지 않았다.

"아니야. 슈퍼 쎄븐이야."

도윤이 말했다. 도윤답지 않은 단호한 말이었다. 도윤과 인아는 같은 날 같은 산부인과에서 태어난 이후로 줄곧 함께 자랐다. 둘은 쌍둥이처럼 늘 붙어 다녔다. 도윤이 나를 소외시키지 않기 위해 그런 말을 한 걸까, 인아는 생각했다.

"잘 생각해봐. 네가 우리 집에 전화했을 때, 그때 우리 집에서 일이 터졌었어. 혹시 철산이랑 동훈이도 전화 받지 않았어?"

"맞아. 헬스장에서 사고 났을 때 인아가 전화했어!"

철산이 힘차게 고개를 끄덕이며 말했다.

"동훈이도 그럴 거야. 폰에 찍힌 시간을 확인해봐."

동훈이 폰을 열었다. 그도 고개를 끄덕였다. "맞아. 집 무너지고 아빠한테 혼날까 봐 도망갔는데, 그때쯤 인아가 전화한 거 맞아."

"그러니까 너도 그걸 가지고 있어. 그 능력."

그렇게 말하고 나서 도윤이 입술을 꼭 닫았다.

"어떤 거지?"

인아가 환자의 증상을 재차 확인하는 의사처럼 냉정한 표정으로 도윤에게 물었다.

"텔레파시일 거야. 초월적인 공감 능력. 인아 너는 텔레파시를 가진 거야."

동훈이 말했다. 인아는 동훈의 말에 이상한 감동을 느꼈다. 동훈이 자신을 지켜주는 것 같았다. 인아는 어깨를 으쓱 올렸다.

"슈퍼 쎄븐이야." 도윤이 웃으면서 말했다.

"와우! 서커스단 차리면 떼돈 벌겠네. 물론 난 전기장판이나 망가뜨리는 초라한 능력을 가졌지만 말이야."

기태가 말했다. 아이들이 웃었다. 금 간 통유리에 석양이 비쳤다. 기태가 홀의 전등 스위치를 켰다. 똑딱거리며 몇 번이고 반복했다. 불은 들어오지 않았다. 자신을 탓하지 말라는 뜻으로 기태가 어깨를 으쓱 올렸다.

"그런데 박에스더는?"

갑자기 잊고 있던 숙제를 떠올리는 것처럼 인아가 아이들에게 물었다.

"그러고 보니 참, 에스더는 왜 안 왔지?"

도윤이 말했다.

"걔는 워낙 그림자 포스라. 있는지 없는지 표가 나질 않아."

기태가 말했다.

"에스더한테 무슨 일이 있어."

어둠이 내리기 시작한 창을 보며 인아가 말했다.

"잘은 모르겠지만, 에스더한테, 틀림없이."

인아가 에스더의 번호를 눌렀다. 신호가 한참 이어지다 음성메시지로 넘어갔다. 다시 전화했다. 마찬가지였다.

"무슨 일이 생겼어."

인아의 얼굴이 어둡게 굳었다.

"그걸 어떻게 알아? 전화도 안 받는데."

"느껴져. 에스더한테 가야 해. 지금 당장!"

인아가 가방을 들고 계단 쪽으로 몸을 돌렸을 때, 인아의 폰이 울었다. 인아가 급히 전화를 받았다. 그리고 스피커폰으로 돌렸다.

"에스더야, 지금 어디야? 무슨 일 있니?"

인아가 다급하게 말했다. 저쪽에서는 대답이 없었다.

스피커는 어떤 매우 원시적이고 미개한 종족의 아둔한 움직임 같은 소리를 들려줄 뿐이었다. 아이들이 인아의 폰 주변으로 귀를 가져갔다. 그 소리는 복잡하고 난해한 움직임을 담은 소리였다. 격한 운동을 하면서 숨이 차오르는 소리 같기도 했고, 난해하고 형이상학적인 주술에 도취된 마법사의 음성 같기도 했다.

— 크, 크, 헉, 크헉, 억, 억, 으으으, 으아악…….

그와 비슷한 소리들이 끝없이 들려 왔다.

"에스더, 에스더야!" 인아가 외쳤다.

— 인아야…….

겁먹은 목소리였다. 울음과 공포가 뒤섞여 있었다.

"그래. 듣고 있어. 에스더야, 무슨 일이야?"

— 이, 인아야…….

"말해. 무슨 일이야?"

— 아저씨들이…….

"뭐? 아저씨들이 누군데? 그 사람들이 뭐?"

— 빨리 와줘. 지금 당장. 사람이…… 사람이 죽었어. 아저씨들이…… 빨리…….

에스더의 겁먹은 울음소리가 작은 폰 스피커를 통해 울릴 때, 인아와 다섯 명의 아이들은 짜바 타워의 계단을 뛰어 내려가고 있었다.

철산이 뜯어먹은 난간에 도윤이 살짝 손을 베였다. 아야,

아이 씨, 도윤이 철산에게 눈을 흘겼다.

"오웃, 미안."

철산이 다시 머리를 긁었다.

16화
Belief

믿음 1

"눈두덩이가 씰룩거려. 이렇게."

국장이 오른쪽 눈을 앞으로 내밀었다. 눈썹 부위가 조금씩 떨렸다. 어두운 눈.

"마그네슘 결핍이라더군. 땅콩이 좋대." 그는 쉴 새 없이 땅콩을 입에 넣었다. "말해봐. 또 뭐 가지고 온 거 없어?"

"지난번 기사는 편집이 너무 많았어요. 편집이 아니라 아예 다른 기사예요. 이치훈 사건 제목이 이게 뭐예요? 바닷가 유령의 목소리? 전 그런 글 쓴 적 없는데. 도대체 누가 손댄 거죠? 보리밭의 UFO, 아이들, 병원, 섀도우 타임 리프, 그건 왜 죄다 뺀 거죠?"

김경희 기자가 이번 달 잡지를 국장 앞에 던졌다. 그녀가 싸움닭처럼 달려들었다. 국장은 계속 땅콩을 씹었다.

"생각보다 복잡해."

"뭐가 복잡해요? 아이들이 UFO를 만났고 능력이 나타났어요. 그만한 기사가 어딨어요? 아이들이라 취재하기도 쉽고, 한 일 년 추적 기사 쓰면 매출도 오르고 그럴 거 아녜요?"

끄억, 국장이 트림을 했다. 옥시크린 냄새가 났다.

"열흘 전에 남자 두 명이 죽었어."

국장이 물을 들이켜면서 말했다.

김경희가 의자 등받이에 몸을 기댔다. 다리를 꼬았다. 검은 스타킹을 신은 다리가 길게 드러났다. 국장이 그녀의 다리를 보았다.

김경희는 국장을 만날 때 그런 옷차림을 했다. 그는 늘 거래를 하려 드니까. 거래를 할 때는 상대의 정신을 빼놓아야 한다. 국장은 그녀의 다리가 혼란스러웠다.

"뇌가 녹아서 죽었어. 둘 다. 젤리처럼 녹아서 코로 흘러 나왔다더군. 경찰에, 아는 친구가 있어."

"전 새암고 아이들 사건 계속 맡고 싶어요. 코호트 조사*로

* cohort study. 통계학 용어. 처음 조건이 주어진 집단에 대해 이후 경과를 파악하기 위해 시간을 들여 연구하는 방법. 김경희는 아이들의 변화를 추적하면서 르포 기사를 쓰고 싶다는 말을 한 것.

가게 해줘요. 은근슬쩍 다른 사건 던지지 마세요. 기사 바꿔치기 한 건, 무슨 이윤지는 모르겠지만……. 용서해드릴게요. 그러니 이거나 계속하게 해줘요, 새암고 사건. 국장님. 네?"

계속하게 해달라니, 그 정도면 거의 구걸하는 거나 마찬가지다. 자존심이 상한다. 그래도……, 노력해보기로 한다. 그녀가 다리를 천천히 움직였다. 번쩍이는 그녀의 다리가 검은 뱀처럼 꿈틀거렸다.

"계속 들어봐. 녀석들은 사채업자였어. 끈덕지게 달라붙는 거머리 같은 애들. 어디 돈 뜯으러 갔었나 봐. 거기서 당했어."

"그건 '미스터리 데드' 쪽에 주면 되잖아요. 좀비 기사 쓰는 친구, 그 친구 주면 코 흘리면서 좋아하겠네!"

"거기 현장에 누가 있었게?"

국장이 김경희의 말을 자르면서 놀리듯 물었다.

"누구요?"

김경희가 물었다. 진지하게 허리를 국장 쪽으로 숙였다. 가슴골이 살짝 드러났다.

"여고생. 학교가……, 새암고라던가?"

"네?"

김경희가 자리에서 벌떡 일어났다. 국장이 실실거리며 웃었다.

"신문에 난 건 뇌진탕 사망기사야. 두 남자가 아는 사람 집에 가서 술 먹다가 싸움이 벌어져서 뇌진탕으로 죽었다는 황당한 기사. 왜냐?"

국장이 질문과 함께 갑자기 말을 끊었다. 김경희의 흥분한 숨소리가 들렸다.

"왜죠?"

그녀가 침을 꼴깍 삼켰다.

"거기 출동한 경찰도 같이 당했거든. 신고 받고 현장에 들어서자마자 세 사람이 쓰러졌대. 셋 다 뇌출혈, 한 명은 중태야. 내 예감이 맞았어. 김 기자 글 보고 뭔가 있는 것 같아서 좀 더 지켜보기로 했지. 지난번 기사는 여름맞이 납량특집으로 내가 각색한 거야. 6월호니까."

김경희가 유괴범을 보듯 국장을 무섭게 노려보았다.

"이봐, 김 기자. 어설프게 접근하면 몸통이 사라져. 우리가 찾고 있는 게 뭐야? 진실이야. 이건 카드 게임하고 비슷해. 우리한테 여러 장의 카드가 있더라도 한꺼번에 다 까발리면 지는 거야. 숨어버리지. 진실은 늘 숨바꼭질을 해. 우리가 알고 있다는 걸 저쪽이 모르게 해야 돼."

"저쪽은 누구죠?"

국장이 빈손을 들어 보였다. 낸들 아나? 하는 폼으로.

"자, 이걸 한번 봐."

국장이 서랍을 열었다. 황색 봉투를 조심스럽게 집어 올렸다.

김경희가 국장의 의자 쪽으로 다가가 봉투를 빼앗다시피 해서 가져갔다. 봉투를 열자 A4 사이즈로 확대된 사진들이 나왔다. 재빨리 넘기면서 사진을 살폈다. 국장은 자기 옆에 서 있는 김경희의 다리를 쳐다보았다.

눈을 반쯤 뜬 채 바닥에 쓰러져 있는 남자들의 사진. 머리 주변에 누런 액체가 퍼져 있었다.

"누가 찍은 거죠?"

국장이 어깨를 으쓱했다. 국장의 무릎이 김경희의 다리에 거의 닿을 뻔했다.

"김 기자, 난 당신 좋아해. 당신의 그 뜨거운, 핫한 열정 말이야. 무슨 말인지 알지?"

그가 자기 눈앞에 머물고 있는 김경희의 가슴을 보면서 말했다. 김경희는 사진에 정신이 팔려 있었다. 그녀가 사진을 들여다보면서 자기 의자로 돌아가 앉았다.

"각도로 봐선 현장 감식반이 찍은 건데……, 경찰에서 빼낸 건가요?"

"사무실 문틈으로 누가 밀어 넣었어. 오늘 아침에. 그래서 당신을 부른 거고."

국장이 다시 국장의 표정으로 돌아와 말했다.

"계속해봐, 김 기자. 당신, 큰 건 잡은 거 같아."

"코호트 조사로? 다른 기사랑 잡동사니 취재 다 빼고?"

"월 100 더 얹어주지. 그거 하나만 파. 당신 기사 보고 후원자가 나섰어. 취재기자를 개인적으로 후원하겠다더군. 해외에서 입금했어. 누군지 나도 몰라. 영어판 기사 보고 연락했나봐. 5 대 5로 가자고. 오케이? 김 기자, 난 당신을 아껴. 몸조심해. 그리고 가끔 시간 날 때 전화해. 감자탕 사줄게. 밤늦은 시간이면 더 좋고."

"살림은 어쩌고요?"

김경희가 행복한 웃음을 머금고 국장에게 물었다.

"지랄하지 말고."

국장이 눈을 지그시 감고 되받았다. 김경희가 일어나 문으로 갔다. 문 앞에서 그녀가 뒤돌아섰다.

"국장님."

"왜?"

국장이 큰 은혜를 베푼 사람처럼 너그러운 표정으로 회전의자를 돌리며 김경희를 바라보았다.

"200 말고 더 있죠?"

봉투를 가방에 쑤셔 넣으면서 김경희가 물었다. 국장이 씨익 웃었다.

"그리고 환기 좀 해요. 입에서 옥시크린 냄새 나요."

김경희가 나갔다.

국장이 입가에 손을 대고 호오, 자기 입냄새를 신중하게 확인했다.

"고려를 세운 건 지방 토호 세력, 즉 호족들이에요. 호족하고 귀족 중에 누가 더 강한 거 같아?"

오현미 선생이 아이들에게 물었다.

"귀족이요!" 아이들이 대답했다.

"땡! 틀렸어요. 호족이 더 세. 귀족은 녹을 받는 관료들이고, 호족은 자기 사병을 가지고 있거든. 귀족은 왕 없이는 존재할 수 없지만, 호족은 자기 스스로 왕이 될 수 있는 사람들이지. 고려 태조 왕건은 그래서 자기가 왕이 된 거야."

"그럼 〈나는 귀족이다〉보다 〈나는 호족이다〉가 더 센 거네!"

"뭐? 나는 귀족이다? 그게 뭔데?"

아이들이 큰 소리로 떠들면서 웃었다. 오 선생은 그럴 때가 가장 짜증스러웠다. 아이들이 자기들만의 언어로 대화할 때. 요즘 아이들은 따라잡을 수가 없다.

"거기 너희들, 뭐해?"

창밖을 보며 수군거리는 아이들을 보며 오 선생이 버럭 화를 냈다.

"선생님, 스캔들 났어요!"

여자아이들이 갑자기 자리에서 일어나 창가로 우르르 몰려갔다.

"와, 대박! 우리 국사 쌤 어떡해?"

애들이 키득거렸다.

"뭔데 난리야? 연예인이라도 왔어?"

오 선생이 창가로 걸어갔다. 초여름의 열기가 아지랑이를 피우는 운동장이 하얗게 펼쳐져 있었다. 눈을 잔뜩 찌푸리고 오 선생이 운동장을 바라보았다.

시원한 나무 그늘이 드리운 운동장 벤치에 남녀가 앉아 다정하게 대화를 나누고 있었다.

남자는 이진우 선생. 그 옆에 앉아 있는 여자는, 짧은 미니 스커트에 섹시하게 보이는 검은 스타킹을 신고서 이진우 옆에 붙어 있었다. 그늘이 져서 얼굴은 보이지 않았다.

"죽이네!"

"저 다리 좀 봐!"

"우와~!"

애들이 소란을 피웠다.

"다들 자리에 앉지 못해?"

오 선생이 교탁 앞으로 걸어와 버럭 소리를 질렀다.

"책 펴! 어서! 92쪽 문벌귀족의 성장, 이진수, 일어서서 읽어!"

"이진우 아니고요?" 어떤 녀석이 놀리듯이 물었다.

"닥치지 못해? 읽어!"

엉겁결에 학생 하나를 불러 세웠는데, 하필이면 그 아이 이름이 이진'수'였다. 오 선생 얼굴이 귀까지 빨갛게 달아올랐다.

"전화 받고 바로 달려왔어요."

김경희가 말했다. 볼터치까지 들어간 화장기에 이진우가 약간 어색해했다. 그는 잔뜩 긴장해서 앉아 있는 소개팅남 같았다.

진우는 아까부터 시선을 운동장 쪽으로만 돌렸다. 그는 김경희를 보지 않았다. 특히 김경희의 다리 쪽은. 그녀는 터져

나오려는 웃음을 참느라 계속 신경을 써야 했다.

“죄송해요. 갑자기 뵙자고 해서.” 진우가 말했다.

“괜찮아요. 아이들한테 무슨 일이 생겼나요? 참, 이치훈 학생은 괜찮아요?”

김경희는 ‘사진’ 얘기를 먼저 꺼내지 않았다. 그가 아직 모를 수도 있으니까. 그는 믿음이 부족한 사람이니까.

“치훈이는 괜찮아요. 여전히 공부를 못하고 더 많이 졸고 있죠. 그럼 괜찮은 거죠. 다른 아이들도 학교 잘 다녀요. 한 녀석만 빼고.”

“한 아이요?”

“박에스더라고. 그때 보리밭에 있었던 여학생인데, 열흘 전부터 연락 두절이에요.”

“경찰에 신고하셨나요?”

“했죠. 학교 통해서 교육청에도 가출신고 했고.”

“가출이요?”

“경찰에선 가출로 보고 있어요.”

김경희는 불끈하고 화가 치밀어 올랐다. 두 사람이 죽고, 세 명의 경찰이 뇌출혈을 일으킨 사건 한가운데 박에스더가 있다. 에스더는 정말 가출을 한 걸까?

“아이 부모님은요?”

김경희가 모른 체하고 물었다. 좀 더 들어보고 싶었다.

"에스더 집이, 가정 형편이 안 좋아요. 엄마는 에스더가 어릴 때 집을 나갔고, 아빠랑 같이 살고 있는데, 공사일 하면서 여러 지방으로 돌아다니느라 집에 잘 안 들어와요."

"그럼, 아이 혼자 사나요?"

"소녀 가장인 셈이죠. 혼자서 자기 몸을 돌보는 아이였어요. 표정도 많이 어둡고, 친구도 별로 없고. 그때 보리밭 사건 났을 때, 치훈이 발견하고 나서 제가 연락했을 때만 해도 목소리 괜찮았어요. 그러니까 보리밭 사건이 토요일에 있었고, 에스더가 집을 나갔다면 일요일이에요. 일요일 밤부터 연락 두절이에요. 이상한 건, 에스더가 친구들한테 전화했을 때, 어떤 아저씨들이 죽었다고 겁먹어서 전화했다고 해요. 친구들이 찾아갔을 때는 문이 잠겨 있었고."

"찾아가보셨나요?"

"매일 가서 찾고 있어요. 프린터로 사진을 뽑아서 그 일대 유흥가에 뿌렸고."

김경희가 고개를 다른 쪽으로 돌렸다. 인상을 찡그리고 한숨을 쉬었다. 어떻게 이렇게 아둔할 수가 있을까. 가출이라니, 유흥가? 흥, 진실이 사라지면 뻔한 거짓말이 그 자리를 차지한다. 김경희가 이진우의 말을 벗어나서 학교 운동장을 바라보았다.

"학교는 참 조용한 곳이네요." 그녀가 가볍게 기지개를 폈다. "학교 다닐 때는 그런 생각 못 했는데. 참 평화로워요."

그녀가 운동장 이쪽 끝에서 저쪽 끝으로 시선을 죽 펼쳤다. 그녀의 시선이 이진우에게서 멈췄다.

"여기 있으면 선생님처럼 그렇게 될 수도 있겠어요."

"저요? 어떻게요?"

"우물 안 개구리."

이진우는 그 말에 약간의 모멸감을 느꼈다. 세상일을 빠삭하게 아는 기자들에 비하면 학교 선생들은 아이들과 별로 차이가 없다.

하지만 그로서도 달리 할 수 있는 것이 없었다. 경찰에서는 단순 가출이라고만 하고, 아이 아버지는 아예 전화를 받지도 않는다. 달리 뭘 하겠는가. 그래도 이진우는 박에스더 사진이 들어간 전단을 컬러 프린터로 뽑아 들고 길거리를 누비지 않았던가.

"어떻게 하면 이 우물을 벗어날 수 있죠?"

이진우가 그녀에게 물었다. 김경희가 그의 질문에 쌩긋 웃었다. 그는 여전히 시선을 그녀의 머리 꼭대기로 향하고 있었다. 다리 쪽으로는 시선을 두지 않았다. 김경희는 하마터면 그의 볼을 꼬집을 뻔했다.

김경희가 보기에 이진우는 참 귀여운 과학 선생이었다. 그 정도면 잘생겼고, 키도 크고, 컬러 프린터로 집 나간 학생을 찾습니다 같은 전단을 만들어 거리를 누비기도 하고. 꼭 1980년대처럼 구식이고, 그때처럼 푸근했다. 1980년대 영화, 〈죽은 시인의 사회〉에 나오는 키팅 선생님처럼 따뜻하게 말하는 사람이었다.

"그날 보리밭에 함께 있었던 아이들하고는 얘기해보셨나요?"

"아직요. 에스더 때문에 경황이 없네요."

"선생님, 그 아이들이 도움을 줄 수 있을 거예요. 지금쯤 그 아이들은 아마 초능력 슈퍼 개구리가 돼 있을지도 몰라요. 아이들은 벌써 우물을 벗어났을 거예요."

"전 어떻게 벗어날 수 있죠? 사직서를 낼까요? 사실 그걸……, 3년 전부터 안주머니에 넣고 다니긴 했어요."

푸하하하핫! 김경희가 드디어 참았던 웃음을 터뜨렸다. 김경희가 이진우의 가슴을 작은 주먹으로 콩콩 때렸다. 이진우가 바보처럼 심각한 표정으로 아, 아, 했다.

"긴 얘기는 퇴근 후에 해요. 저녁에 시간 되세요?"

이진우가 살짝 미소 지었다. 오늘은 전단지를 들고 거리를 누비지 않아도 되겠구나……, 혹은 다른 무엇을 기대하는 눈빛.

"선생님, 혹시 주변에 아는 사람 중에 높은 사람 없나요?"

김경희가 가방을 들고 일어서면서 물었다.

"높은 사람이라면 어느 정도요? 고등학교 교감 정도?"

"아니요. 그보다 더 높게. 대통령이면 좋겠지만 그건 너무 비현실적이고, 그쯤 되는 사람이요."

"한 사람 있긴 해요."

"잘됐네요. 얼마나 높죠, 그분은?"

"국회의원."

"와우! 좋아요. 그 정도면……. 어떤 관계죠? 그분하고는?"

"삼촌이에요. 작은 아버지. 연락은 잘 드리지 않지만."

김경희는 깜짝 놀랐다. 이 남자 괜찮다, 그녀는 갑자기 속물스런 마음이 들었지만 이내 머리를 흔들었다.

"집에 가서 편한 옷으로 좀 갈아입고 올게요. 맞선 보고 왔더니 영 불편하네요."

이진우의 얼굴이, 아주 미세하게 떨리는 것이 보였다.

그 모든 광경을 오현미 선생이 교실 창가에 서서 지켜보고 있었다. 섹시하게 쭉 뻗은 롱다리 연예인처럼 생긴 여자가 이진우의 가슴을 때리며 행복하게 웃는 장면이 운동장 저쪽에 있었다.

아이들은 학습 활동을 풀고 있었다.

오현미는 침을 흘리며 졸고 앉아 있는 이진'수'에게 다가갔다. 으이그, 녀석의 머리를 한 대 세게 쥐어박았다.

17화

Belief

믿음 2

— 우야, 니, 내한테 말 안 한 거 있나?

그런 거 말고, 가가 어디 아프나? 끝까지 아이 소재는 숨기더라고. 두루뭉술 말을 돌려. 행정부 국정감사로 쑤셨는데도 배짱이야. 그럴 때는 위에서 봐주는 데가 있거든. 경찰청장보다 높으면 어데겠노? 거기까진 아니래도 장관급이다.

니, 내한테 솔직히 말해라. 아이 얘긴 어디서 들었노? 그 파라노말 머시기 삼류 잡지 얘기는 꺼내지도 마라. 어디서 들었어? 가출이 아니라 납치됐을 것 같다는 정보. 하, 모르시겠다?

우야, 니 아버지 실종되고 나서……, 우리가 한 15년 못 봤나? 갑자기 연락해서는 아 새끼 하나 찾아달라고 나한테 부탁했제, 니가. 나도 처음에는 머 그런 일로 나한테 연락하노 했다 아이가. 그래도 혹시나 해서 찾아가봤지.

니 말대로 가출 안 한 건 맞다. 벌써 2급 기밀 도장 박혔어. 그래. 그 아이 소재 자체가 2급 기밀이 됐다고. 이중, 삼중으로 보안 절차를 만들어놨어. 경찰청장 혼자서도 열람이 안 되나 보더라. 그 친구도 안됐지. 국회 법제사법위원이 난데없이 찾아가서 2급 기밀 정보를 내노라 카니 지도 당황했겠지.

근데 내가 궁금한 건, 우째서 니가, 평범한 고등학교 교사가, 2급 기밀 국가정보를 알고 있었느냐, 그기다. 이기 빙시도 아이고……, 야 인마! 이기 무슨 홈쇼핑 할인 정본 줄 아나! 그냥 어쩌다 보이 2급 기밀을 알게 됐으예, 그기 지금 말이 되나? 경찰청장 그 새끼가 나한테도 묻드라. 어떻게 그걸 아셨냐고? 나도 니하고 똑같이 얘기했지. 어쩌다 보이 알게 됐다고.

우야, 내 얘기 잘 듣거래이. 이런 경우에는 두 가지 가능성이 있다. 첫째, 보안 대상자가 국가 안보에 심각한 위협을 가하는 위험인물인 경우. 여고생이 그럴 리는 없으니 그건 제끼고, 다음은 좀 걱정이긴 한데, 아이가 치명적인 전염병에 노출된 경우다. 내 생각엔 그쪽인 거 같다. 아이 아빠도 아마 같이 있을 기다. 지난번에 메르스 사태 때 학습효과가 있었거든. 질병도 정보야. 관리 몬 하믄 정권이 무너진다. 그런 차원인 것 같드라. 다행히 메르스는 아닌 것 같고.

니도 괜한 소문 퍼뜨리지 말그라. 언론 쪽에는 절대로 알리면 안 된다. 그 삼류 잡지는……, 내가 당장 세무조사 하라 캤다. 새끼들, 한번 당해봐야 정신을 차리지. 어디서 깜냥도 안 되는 것들이 설쳐, 설치기는! 그 새끼들 죽사발 만들어놀라 칸다.

머? 머시라? 우야, 내가 니 작은 애비다. 어데서 그따구 소리를 하고 앉아 있노. 이 자슥아, 내가 너거 집에 얹혀 살믄서 사법고시 준비할 때, 니 똥 기저귀 갈아준 적도 있다. 니가 내 새끼가 아니믄 누가 내 새끼고, 엉? 니 볼 때마다 행님 생각난다.

바빠서 다음에 오겠다?

이기 죽을라꼬……. 고맙다, 우야. 그래도 가족이라고 힘들 때 낼로 찾아주이께, 나야 머, 국회의원으로서 당연지사 해야 할 일을 한 거고. 국민이 위험에 처했다 아이가? 내사 마 을메나 반가븐지 모르겠다. 니가 연락 주이께. 찾아 오그라. 자주 연락하고. 그래, 그래. 꼭 여자 데꼬 와야 한데이. 그냥 오믄 죽는다. 오야. 고마 끊으래이.

이정진 국회의원의 거친 입담이 스피커폰을 통해 쩌렁쩌렁 울렸다.

아이들이 웃음을 참느라 얼굴이 시뻘겋게 달아 있었다. 에스더의 위기를 듣기는 했지만 그보다 그 똥 기저귀를 차고 있는 이진우의 모습이 에스더의 위기를 압도했다.

이진우는 간밤에 유령을 만난 햄릿처럼 쩔쩔맸다.

짜바 타워—지금 그곳에 이진우와 여섯 명의 아이들 그리고 김경희 기자가 있었다. 김경희는 삼류 잡지 기자처럼 오징어를 씹으면서 맥주를 들이켰다.

"어때요, 내 말이 맞죠?"

양반다리로 앉아 있는 이진우의 다리를 탁 치면서 김경희가 말했다. 그녀는 아주 불량스럽게 오징어를 씹었다.

김경희를 만난 슈퍼 쎄븐 아이들은 비로소 정체성의 혼란에서 벗어났다. 김경희는 설명해주었다.

"동훈이가 화가 났을 때 물건을 파괴하는 건 '반발력 교란'으로 설명할 수 있어. 반발력이 깨지면서 물질이 붕괴되는 거야."

"그게 뭐죠?

아이들이 물었다. 김경희가 이진우를 쳐다봤다.

"모든 물질이 단단함을 유지하는 건 음전하의 반발력 때문이야. 소립자들은 엄청난 힘으로 밀고 당기고 하면서 팽팽한 힘의 균형을 이루고 있지. 어느 한쪽에서 그 균형을 잃으면, 그러니까 어떤 전자나 원자가 척력이 커지면 물질이 붕괴하는 거야. 뻥 하고."

"그러니까 동훈 학생은 소립자 한 개 정도를 교란시키는 능력을 가진 거야."

벌써 두 캔째, 맥주 뚜껑을 까면서 김경희가 덧붙였다. 얼굴이 발그레했다. 누가 보나 예쁜 얼굴이다.

"겨우 한 개요?" 기태가 물었다.

"그 이상이면 곤란해. 그러면 원자폭탄이 되니까." 진우가 말했다.

"그러니까 밀당하던 두 연인 중에 한 사람이 다른 사람을 밀어내면 깨지는 거하고 같겠네요?"

"그렇지. 똑똑하네, 동훈!"

지난주 운동장 스캔들 이후로, 아이들은 김경희 기자를 이진우의 여자 친구로 공식 거명했다. 오직 두 사람만 모르고 있었다. 이진우와 김경희.

이진우의 스캔들이 터지자 가장 애매해진 건, 뭐니 뭐니 해도 오현미 선생이었다. 오 선생은 깊게 그림자가 드리운 얼굴로 미라처럼 걸어 다녔다. 몰락한 호족 집안의 막내딸 같았다.

오죽하면 박창범 교감도 그걸 알고서, "오 선생, 내 잘 아는 후배 중에 삼성 다니는 애가 있어. 소개시켜줄까?" 하고 물었지만, 그녀는 대답 없이 교감을 지나쳤다.

오 선생이 그렇게 힘들어한다는 건, 전교생이 알고 교직원 및 행정실 직원까지 다 알고 있었을 뿐만 아니라 학교 앞 토스트 집 아주머니도 알고 있었지만, 오직 이진우만 몰랐다.

힘의 균형이 깨지면 물질이 붕괴한다.

"그럼, 노래로 유리를 깨트리는 건요?" 우도윤이 물었다.

"물질은 가만히 있는 게 아니라 분자 수준에서 떨고 있어. 그러니까 모든 물질은 각자 자기만의 고유 주파수를 가지는 거야. 만약 그 주파수와 똑같은 주파수의 진동이 날아와서 부딪히면, 이게 공명이라는 건데, 분자 결합이 깨지는 거야. 그럼 펑 터지지."

이진우가 학교에서 수업할 때처럼 지루하게 설명했다.

사람들마다 다 자기가 원하는 이상형이 있을 것이다. 사람이 좀 둔하긴 해도 이진우도 참 괜찮은 훈남이고, 약간 무서운 게 흠이라면 흠이지만 오현미 선생도 예쁘고 발랄한 여자였다. 하지만 두 사람은……, 말하자면 공명을 하지 못했다. 두 사람이 붙어 있어도, 주파수가 달라서일까, 아무 일도 일어나지 않았다. 아이들은 우도윤이 유리를 깨트리는 방식을 정확하게 이해했다.

"텔레파시는요?"

최동훈이 물었다. 고인아가 아니라.

인아가 동훈의 어깨 쪽으로 몸을 살짝 기댔다.

"그게 가장 설명하기 힘들어. 글쎄 정신의 교감이랄까……, 그걸 어떻게 설명하지? 김 기자님?"

이번에는 이진우가 김경희에게 공을 넘겼다.

"사랑에 빠져본 사람?"

김경희가 아이들을 돌아보며 물었다. 다들 가만히 있었다.

그때, "저요……." 김경희 바로 옆에 앉아 있던 김철산이 소심하게 손을 들었다.

"어때? 사랑에 빠지면?"

"그 사람 생각만 나요. 맨날, 밤낮없이."

넌 그게 문제야, 아이들이 김철산을 노려봤다.

"그치? 텔레파시는 확률의 문제로 볼 수 있어. 내가 어떤 사람을 떠올렸는데 우연히 그 사람의 상태를 맞춘 걸까, 아니면 계속 그 사람 생각을 하고 있다 보니까 그 사람이 내 생각에 걸려든 걸까?"

아이들이 고개를 갸웃했다.

"인류학자 말리노프스키에 따르면, 멜라네시아 군도의 원

주민들이 기우제를 올리면 하늘에서 비가 온대. 그게 어떻게 가능하지? 힌트, 확률의 문제야."

"비가 올 때까지 기도하는 거겠죠."

인아가 대답했다.

"빙고! 바로 그거야. 누군가를 간절히 원하면 이루어진다, 이루어질 때까지 원한다, 그게 그거라고. 하지만 텔레파시 능력이 있는 사람은 달라. 비가 올 때를 느낄 수 있지. 주사위를 던졌을 때 자신이 원하는 숫자가 나오게 할 수는 없지만 어떤 주사위가 나올지 맞출 수 있어. 무수한 경우의 수를 직관적으로 알아차리는 거야. 그게 어떻게 가능한지는 아무도 설명하지 못해. 어쩌면 텔레파시는 영원한 비밀로 남을지 몰라. 그건 정말 과학적으로 설명이 안 돼."

그렇다. 이진우에게는 간절함이 없었다. 그래서 타이밍이라는 순간이 오지 않은 것이다. 하지만 오현미가 있잖은가. 그녀가, 이루어질 때까지 원한다면 두 사람은 결국 이루어질지도 모른다. 물론 김경희라는 물질의 교란이 없다는 가정하에.

아이들은 김경희 기자의 수준급 외모와 살가운 애교, 적극적인 친밀감에도 불구하고 거리를 두었다. 아이들은 이진우와 오현미, 두 사람의 어눌한 사랑을 더 응원했다.

"에스더는요?" 고인아가 물었다.

인아는 에스더의 비극을 표정으로 보여주고 있었다. 아이들이 웃을 때도 인아는 웃지 않았다. "에스더는요?" 인아가 다시 한 번 물었다.

"에스더를 찾는 게, 슈퍼 쎄븐, 너희들에게 주어진 첫 번째 임무야."

악랄한 적을 무찌르고 돌아오라고 명령하는 '김 박사'처럼, 김경희가 명령조로 말했다. 남학생들이 입을 굳게 다물고 고개를 끄덕였다.

"치훈아, 요즘은 어때? 요즘도 타임 리프, 가능해?"

치훈은 기태의 공구 책상 앞에 앉아 있었다. 그는 말없이 고개를 숙이고 아이들의 얘기를 듣다가, 김경희 입에서 자기 이름이 나오자 번쩍 눈을 떴다. 방금 자다 깬 사람 같았다.

"네, 저요? 좀 전에도 갔다 왔어요."

"어디를?"

김경희가 흥미롭게 물었다.

"설마 너 또 시체 발견한 건 아니겠지?"

기태가 좀비를 만난 사람처럼 몸서리를 쳤다.

"기태 형."

"응?"

치훈은 기태를 형이라 불렀다. 치훈의 표정이 어두웠다. 기태의 얼굴에서 천천히 웃음이 사라졌다.

"이거 버리지 마."

"뭐?"

"이 고장난 소니 디카." 치훈이 낡은 디지털 카메라를 손에 들고 흔들었다. "형 찍어주려고 산 거야. 형 엄마가…… 형 태어나기 전에……."

"그걸 네가 어떻게……?"

기태가 눈을 깜빡거리며 물었다.

"디카에 붙어 있는 스티커에서 제작연도를 봤어. 1998년. 그 숫자를 보자마자 내 몸이 이동한 거 같아. 순식간에. 그 소니 디카를 들고 웃고 있는 여자를 봤어. 물속처럼 흐릿하게 보였어. 내가 졸았나 하고 생각했는데 그게 아니야. 난 형 엄마를 본 것 같아. 이분이었어."

치훈이 기태의 공구 책상 위에 놓인 작은 액자를 가리켰다. 그곳에는 오래된 여자 사진이 작은 액자 속에 들어가 있었다.

두려움과 신비로운 느낌에 휩싸여 아이들이 모두 사진을 바라보았다.

"시간 이동을 한 거니?"

김경희 기자가 들뜬 목소리로 물었다.

"네. 그런 것 같아요."

"그냥 그 시간의 영상을 본 게 아니고?"

그녀는 약간씩 몸을 떨었다. 그녀의 목소리도 떨렸다.

"잘 모르겠어요. 지난 번 함평에서 있었던 일하고 달랐어요. 그땐 그냥 잠 올 때 영화 보는 느낌이었는데, 이번엔 젤리 같은 공간 속에 들어가 있는 느낌이었어요."

태평스런 치훈의 말에 김 기자는 못 믿겠다는 듯 고개를 가로저었다. 그리고 떨리는 목소리로 말했다. "치훈아. 넌 방금 시공간 이동을 한 거야."

"그게 뭔데요?"

"그건…… 믿을 수 없는 일이지. 네 몸 자체가……, 넌 기태 엄마가 살아 있던 그 시간으로 갔다 온 거야."

그 말을 듣고 기태가 한 손을 입으로 가져갔다. 더 이상 작동하지 않는 소니 디카의 줌렌즈처럼 그가 눈을 움직이지 않았다. 그의 눈에 금세 눈물이 차올랐다.

김경희가 고개를 숙이고 기태의 어깨를 천천히 쓸어내렸다.

"애들아." 고개를 숙인 채 그녀가 아이들을 불렀다. "너희들의 능력은, 너희들도 감당 못 할 수 있어. 함부로 쓰지 마. 그 능력들."

그녀는 불길한 느낌을 애써 감추는 것 같았다. 그녀가 걱정하는 눈으로 아이들을 돌아보았다.

처음 이진우 선생님이 김경희 기자를 데리고 나타났을 때 아이들은 경계했다. 도윤은 무서워하기까지 했었다. 정부 요원 아냐? 그런 눈들이었다.

지금 아이들은 그녀에게 조금씩 마음을 열고 있었다. 최소한 그녀는 아이들을 믿어주는 사람이었다. 그건 이진우도 하지 못한 거였다. 이진우 선생님은 믿음이 부족하니까.

"얘들아, 이렇게 하자. 오늘은 늦었으니까 그만 집에 돌아가고, 다음 일요일에 다 같이 에스더네 집에 다시 한 번 가보자. 그날, 가능하다면 치훈이가 타임 리프 한번 해보고. 난 그사이에 계속 에스더를 찾아볼게."

어라? 아이들이 눈을 동그랗게 뜨고 이진우를 쳐다봤다. 타임 리프 한번 해보라고? 저 사람이 미쳤나? 농담한 걸까? 아니면……, 믿기 시작한 건가?

아이들이 서로의 눈을 보며 의심했다.

"괜찮다면 내가 몇 가지 제안할게. 어때?"

김경희가 다정하게 말했다. 그녀는 여전히 옆에 앉아 있는 기태의 손을 꼭 쥐고 있었다.

"좋아요."

아이들이 대답했다.

"도윤아, 노래 부르면서 어디까지 가능한지 도전해봐. 유리컵 말고 플라스틱 컵이나 스텐 밥그릇 같은 거. 할 수 있다면 콘크리트도 시도해봐. 동훈이는 화내지 않고 해봐. 그래도 되는지. 기태는……, 고장 난 디카를 살려내봐. 고장 낼 수 있다면 고칠 수도 있을 거야. 다른 것도 한번 고쳐봐. 다들 오케이?"

수업이 끝났을 때처럼 아이들이 큰 소리로 대답했다.

"그리고 너, 근육덩어리!"

김경희가 철산을 손가락으로 찍었다. 철산이, 누구, 나? 하는 표정으로 어리둥절하게 좌우를 돌아봤다.

"그래, 너! 너 앞으로 내 근처에 오지 마. 반경 1미터 이내로 접근 금지. 너 아까도 내 허벅지 슬쩍 만졌지? 웃는 척하면서. 이게 죽을라고! 칵 씨!"

아이들이 고개를 설레설레 흔들었다.

"또 모르지. 네가 대학 가면 이 누나가 한번 만지게 해줄지."

김경희가 자리에서 일어서면서 말했다. 철산이 갑자기 확 달아오르는 얼굴에 희망을 머금고 김경희를 올려다봤다.

"어딜요?"

철산이 희미하게 떨리는 목소리로 물었다.

김경희는 짐짓 심각한 표정을 짓더니 철산 쪽으로 허리를 숙였다. 그리고 철산의 귀에 대고, 아무에게도 들리지 않게 아주 작은 소리로 속삭였다.

"내 가슴."

철산이 갑자기 매우 고통스러운 표정으로 몸을 비틀었다. 아이들이 걱정하며 철산을 바라보았다. 그는 마치 치사량의 독가스를 흡입한 사람처럼 몸을 떨었다.

"공부 열심히 해!"

김경희가 철산의 뒤통수를 톡 때리고는 통통거리며 계단을 내려갔다.

18화

Belief

믿음 3

경기도 부천시 중동 우림아파트, 13동 1704호.

5월 9일 오후 11시 37분.

모래알 같은 소리가 났다. 그는 추위에 오들거리는 사람처럼 입술을 달싹거렸다. 남자가 내뱉는 말들이 입에서 나오자마자 어둠 속으로 흩어졌다.

남자는 딸아이가 자고 있는 침대 옆에 앉아 있었다.

"이 더러운 괴물아!"

아이의 머리에 대고 남자가 힘을 주어 말했다.

"이 버러지 같은 것! 널 짓이겨버릴 테다!"

쌕쌕거리는 아이의 숨소리가 들렸다. 남자가 욕을 뱉을 때마다 입에서 침이 튀었다. 푸른 그림자가 딸아이의 이마를 덮었다. 남자의 눈에 살기가 가득했다.

"이 더러운 것, 햇볕에 말려 죽일 테다. 더럽고 흉악한 악마야. 넌 무가치하고 아무런 쓸모없는 비곗덩어리에 불과해. 넌 아무것도 아니야. 넌 결코 어떤 것도 파괴하지 못해. 내가 가만 놔두지 않을 거야. 이 잡듯이 뒤져서 너를 붙잡아 갈기갈기 찢어버리고 말겠어. 널 짓뭉개버릴 거야!"

거친 말 틈에 딸아이의 숨소리가 뒤섞였다. 남자는 딸아이의 머리를 내려다보고 신들린 것처럼 말했다.

"네가 우리 가족을 망쳐놓도록 내버려두지 않겠어. 지금은 그렇게 숨어 있겠지만, 두고 봐. 반드시 너를, 반드시 죽여버리고 말겠어. 넌 생명이 아니야. 그러니 죽을 권리도 없어. 너는 파괴될 거야. 내 생명을 모조리 불태우는 한이 있어도 너를 기어이 박살내고 말 거야!"

딸아이는 아빠의 말을 듣지 못했다. 깊은 잠에 빠져 있었다.

파괴와 멸망을 부르짖던 남자의 입에서 더 이상 말이 나오지 않았다. 남자는 어깨를 심하게 떨었다.

남자는 숱이 거의 다 빠져나가 맨머리를 드러낸 딸아이의 머리 위로 손을 얹어 넓게 쓰다듬었다. 딸아이가 몸을 뒤척였다.

남자가 침대 옆의 수면등을 껐다. 조용히 방을 빠져나와 욕실로 들어갔다. 거울에 벌겋게 충혈된 남자의 눈이 비쳤다. 그는 약재함을 열어 약병들을 정리했다. 테모다르, 부설판, 프로카바진…….

약들은 하나같이 외계 행성에서 보낸 메시지처럼 낯선 언어로 발음되는 것들이었다. 서른 개에 가까운 약병들을, 사열한 군대처럼 정렬한 후에 남자는 차가운 물로 얼굴을 씻고 욕실을 나왔다.

"다행히 악성은 아닌 것 같습니다. 크기는 1.6센티미터 정도고 위치는 전두엽 쪽, MRI상 알맹이 주변으로 작은 부종이 보입니다."

그것이 얼마나 오랫동안 딸의 머리 속에서 자라고 있었는지 남자는 알지 못했다.

어느 토요일 아침이었다. 두 달 전부터 잡아놓은 여행을 떠나는 날이었다. 현관에서 신발을 내려다보던 아이가 아빠를 보고 물었다.

"어떤 신발을 신어야 돼?"

아이의 망설임은 세 시간 동안 이어졌다.

"어떤 신을 신느냐고? 아무 거나 신어도 돼. 전부 다 새신이야. 투정 그만 부려."

처음에는 여자아이의 까다로운 투정이라 생각했다. 남자는 세 시간 동안 아이를 얼렀다. 화를 내며 머리를 쥐어박기도 했다. 하지만 아이는 별 반응이 없었다. 아이는 울지도 않았다. 뭔가 이상하다는 느낌이 들었다.

세 시간 후, 남자는 여행을 포기하고 딸아이를 관찰했다. 아이는 투정 부리는 게 아니었다. 정말로, 아이는 심각하게 고민하고 있었다. 어떤 신을 신어야 하지? 아이는 결국 신발을 신지 않고 문을 나섰다.

그 후로 아이에게는 어떤 것을 어떻게 선택해야 할지 모르는 일들이 점점 많아졌다. 식탁 위에 놓인 음식들을 무엇부터 먹어야 하는지 물었다. 샐러드볼에 뒤섞인 양상추와 치커리를 보다가 아이가 구역질을 했을 때, 남자는 뭔가 단단히 문제가 있음을 알았다.

아동 심리 치료 센터에서는 지향성 혼동 증상이라고 말했다.

"왜 그런지는 모르지만 사춘기 아이들에게서 가끔 보이는 증상입니다. 더 큰 병원으로 가보실 것을 권해드립니다."

한 달이 지나서야 아이의 머리 속에서 종양이 자라고 있다는 것을 알았다. 전두엽 부위에서 발견된 종양은 다행히 악성은 아니었다. 그대로 자라지만 않는다면 평생 그것을 간직한 채로 살아갈 수 있었다. 다만 아이는 감정을 잃어버리게 될 것이라고 의사는 말했다.

"무감정 신드롬이라고 합니다."

"감정이 없는 거…… 라고요?

"완전히 없어지는 건 아니고, 약화되는 겁니다."

"그러면 어떻게 되나요? 울지도 않고 웃지도 않고, 그런 건가요?"

"공감 능력이 약화되는 건 큰 문제는 아닙니다. 그냥 성격상 그런 사람도 많으니까요. 무뚝뚝하다고 불편하진 않죠. 그보다는 선택하는 데 문제가 생길 겁니다."

"무슨 말씀인지 조금 알 것 같아요. 지금도 아이가 그렇습니다."

"우리가 어떤 걸 선택할 수 있는 이유는 감정이 있기 때문입니다. 난 저게 맘에 들어, 이렇게 혹은 저렇게 할 거야, 이게 다 감정이 해주는 일입니다. 인간 행동의 90퍼센트는 논리적 판단이 아니라 감정적 판단에 좌우되지요. 논리적으로 철저하게 계산한 후에 선택하는 게 아니라, 이것인 것 같아, 하는 거지요. 그러니까 감정이 없으면 아무것도 선택할 수 없습니다. 무엇이 마음에 드는지, 무엇부터 해야 하는지, 무엇을 먹고 입고 어디를 가고 무슨 시간에 어떤 일을 해야 하는지, 이런 걸 선택할 수 있는 건 감정 때문입니다. 감정이 사라지면 선택을 보류하게 됩니다. 중요성을 판단하지 못하기 때문에 논리 회로가 뒤엉켜요. 쉽게 말해, 아이는 완전히 평평한 세상에서 살고 있는 겁니다. 아이에게는 모든 것이 평등한 중요성을 가져요. 그러니까 어떤 것도 선택할 수 없는 겁니다."

음식 먹을 때가 가장 힘들었다. 아이는 밥을 먹지 못했다. 남자는 그 이유를 나중에야 알았다. 밥알이 너무 많기 때문이다.

남자는 아이의 접시 위에 음식을 한 번에 하나씩 올려놓았다. 베이컨 한 조각을 다 먹고 나면 그다음 베이컨을 올려두었고, 한 조각의 빵 다음에 다른 한 조각의 빵을 접시에 올렸다. 콩과 옥수수를 먹이는 것은 거의 불가능에 가까웠다.

식사는 두 시간을 넘겼다. 그 시간 동안 아이는 말 한마디 하지 않았다.

남자는 아이의 옷장에 쌓아둔 옷을 모두 치우고 그날 입을 옷 한 벌만 걸어두었다. 신발도 한 켤레, 왼쪽 신을 먼저 주고 그다음 오른쪽 신을 주었다, 가방도 하나, 책도 하나씩만 넣었다. 아이는 언제나 단 하나의 사물만을 생각할 수 있었다.

집 안의 가구들을 최대한 줄여야 했다. 책도 모두 없앴고 복잡해 보이는 가재도구들을 깔끔하게 정리했다. 거의 모든 살림을 내다 버려야 했다. 여러 가지 사물이 있으면 아이는 그 자리에서 꼼짝도 하지 않고 얼어붙었다. 그러다가 선 채로 옷에 오줌을 누었다.

남자는 자기 방으로 들어가 문을 열어둔 채로 자리에 누웠다. 아이가 살아 있는 것만으로도 다행이었다.

3년 전, 아내가 교통사고로 죽었다. 고속도로에서였다.

그때 아이는 열한 살, 통통 튀는 말괄량이였다. 아내와 함께 차를 타고 떠나던 날 아침.

"아빠, 잘 있어. 우리 갔다 올게. 쩡이 밥 잘 줘! 아빠도 밥 잘 먹고 많이 커!"

어른처럼 우스갯말도 잘하는 아이였다. 방학이 시작되자마자, 외가에 다녀오겠다고 아내가 아이를 데리고 나섰다.

3시간 뒤, 아내는 서해안 고속도로 서평택 IC 부근 하행선 6킬로미터 지점에서, 완전히 찌그러진 자동차 속에서 '발견'되었다. 대형트럭이 졸음운전으로 아내의 차를 덮쳤다. 차는, 사람은커녕 가방 하나 들어갈 공간도 없을 만큼 완전히 찌그러져 있었다. 아내의 시신을 수습하는 데 이틀이 걸렸다.

아이는 차 속에 없었다. 아내처럼, 아이의 시신도 그렇게 처참하게 갈기갈기 찢어져 흩어진 거라고 생각하며, 남자는 무너진 채 일어나지 못했다. 아이는 없었다. 마치 대기 속으로 증발한 것 같았다.

다음 날, 사고 18시간 후에 아이가 '발견'되었다. 아이는 경기도 가평의 어느 국도변을 혼자 걷고 있었다.

"아주 가끔 그런 일이 일어나기도 합니다. 사고가 나면서 탑승자가 밖으로 튕겨나가는 거예요. 아마 지나던 차량이 아이를 태워준 것 같습니다."

"가평까지요?"

"그건 저희도 잘 모르겠고요."

경찰의 설명은 도무지 이해할 수 없었다. 아이의 몸에는 긁힌 자국 하나 없었다. 밤새 도로를 걷거나 돌아다닌 것 같지도 않았다. 아이는 마치……, 사고가 나기 직전에 차에서 내려 18시간 후 가평의 어느 국도로 옮겨진 것 같았다. 그리고 아무것도 기억하지 못했다.

남자는 아이를 부둥켜안고 울었다. 남자가 아이를 안았다기보다, 남자가 아이의 품에 안겨 울었다. 남자는 그때의 기억에서 허우적거렸다.

남자의 귀에 무슨 소리가 들렸다.

[스삭 스삭, 스스삭, 스삭, 스삭……]

남자가 벌떡 자리에서 일어났다. 남자의 머리맡에는 스피커가 놓여 있었다. 거기서 나는 소리였다.

아이는 아빠와 함께 잠을 자지 못했다. 아빠의 불규칙한 숨소리 때문에 계속 잠에서 깨어 울었다. 남자는 아이의 방에 무선 마이크를 설치해두고 따로 잠을 잤다.

[스삭, 스삭, 스삭……]

다시 소리가 들렸다. 남자가 자리에서 튀어 일어나 아이 방으로 달려갔다.

남자의 발가락이 문틈에 끼어 꺾였다. 우두둑거리며 발가락이 부러지는 소리가 들렸다. 남자가 비명을 질렀다.

남자가 비틀거리며 거실을 걸었다. 다시, 소파에 걸려 넘어졌다. 아이의 방까지 가는 길이 너무 멀었다.

남자가 아이의 방문을 힘껏 열어젖혔다. 그리고 전등 스위치를 찾아 켰다. 남자는 깜짝 놀라 입을 다물지 못했다.

아이가 잠옷을 입은 채로 일어서 있었다. 귀신처럼, 아이는 벽에 머리를 박고 부들거리며 떨었다. 남자가 아이 곁으로 다가갔다.

아이의 손에는 검은색 유성펜이 들려 있었다. 아이는 그걸 손에 들고 벽에 무언가를 적어 내려갔다.

언제부터 저걸 적고 있었지? 남자가 시계를 보았다. 남자가 잠자리에 든 시간은 밤 12시, 시계는 새벽 3시를 조금 넘긴 시간. 저걸 3시간 동안 했다고?

새끼발가락에 통증이 너무 심했다. 남자가 방바닥에 주저앉아 새끼발가락에 호호 입김을 불면서 아이를 다시 돌아봤다. 아이는 여전히 벽에다 뭔가를 휘갈겼다.

"서연아!"

남자가 아이의 이름을 불렀다. 아이는 아빠의 말을 듣지 못했다. 귀신 들린 사람처럼 광기 서린 눈을 치켜뜬 채 펜 끝만 보았다.

아이의 방은 온통 글씨로 가득했다. 방바닥, 벽지, 커튼, 피아노 의자, 이불, 붙박이장, 방문도 아이가 적어놓은 글자들로 빼곡했다.

새끼발가락의 발톱이 위로 들렸다. 거의 뽑히기 직전이었다. 차가운 발가락에서 뜨거운 피가 솟아나왔다. 남자가 방에 있는 두루마리 휴지를 풀어 발가락을 대충 감쌌다. 그리고 자리에서 일어나 아이가 쓴 글씨들을 읽었다.

"다, 쳐, 그, 만, 소, 리, 질, 러, 조, 용, 히, 하, 지, 못, 해, 죽, 인, 대, 살, 린, 대, 밥, 이, 나, 처, 먹, 어, 넌, 또, 뭐, 야, 그, 거, 이,

리, 줘, 봐, 지, 랄, 하, 고, 있, 네, 저, 죽, 일, 또, 울, 고, 자, 바, 져, 서, 저, 거, 저, 게, 여, 러, 죽, 였, 다, 며, 저, 건, 악, 마, 야, 악, 마, 가, 밥, 을, 먹, 어, 가, 둬, 가, 둬, 가, 둬, 나, 오, 지, 못, 하, 게, 처, 박, 아, 둬, 저, 건, 악, 마, 야, 악, 마, 악, 마, 악, 마, 악……."

아이는 핏발이 가득한 흰자위를 징그럽게 드러냈다. 손을 바들거리면서 필사적으로 글씨를 썼다. 드문드문 어떤 문장과 말이 이어졌지만 무슨 말인지는 알 수 없었다. 입에 담기 힘든 욕설뿐이었다.

남자는 너무 놀라 겁을 먹었다. 발가락이 아파 눈물이 나왔다.

"서연아, 왜 그래? 서연아, 제발, 아빨 좀 봐. 아가야, 왜 그러니, 제발……."

남자는 아이의 몸을 잡고 울었다. 남자가 아이에게서 펜을 빼앗으려 하자 아이가 으르렁거리며 남자를 노려보았다. 먹이를 빼앗기지 않으려는 맹수 같았다. 아이는 으르렁대면서 누런 흰자위가 드러날 때까지 눈알을 까뒤집었다. 아이는 귀신에 씐 사람 같았다. 눈에 빨간 핏기가 오르고 입에서 흘러내린 침이 가슴까지 적셨다. 옷에서 지린내가 났다. 아이가 선 채로 눈 오줌이 방바닥으로 퍼졌다.

남자가 억지로 펜을 빼앗자, 아이가 남자에게 달려들어 손을 물었다. 손등에서 살점이 떨어져나갔다. 아악, 하고 남자가 소리를 질렀다. 아이는 다시 펜을 빼앗아 들고 글씨를 적어내렸다.

남자가 절뚝거리며 방을 나갔다. 그리고 자기 방으로 기어가 폰을 찾았다. 다시 방으로 돌아왔을 때도 아이는 계속 같은 일을 하고 있었다. 남자가 폰 화면을 열어 사진을 찍었다. 여기저기 아이가 적어놓은 글은 전부 카메라로 담았다. 그리고 동영상을 열어 아이의 행동을 녹화했다.

남자는 119에 전화를 걸었다.

— 어떤 환자인가요?

접수대원이 물었다.

"그게, 저, 일단 제 발가락이 부러졌고요, 그리고 또……."

— 다른 환자가 또 있나요?

"아이가, 제 딸아이가……."

— 네, 말씀하세요!

"제 딸아이가 귀신에 씐 것 같아요."

— 네에?

19화
Belief

믿음 4

1학년 1학기 기말고사가 한 달 앞으로 다가왔다. 누구보다 학습에 매진한 건 김철산이었다. 그는 형설지공의 자세로 공부에 임했다. 가장 먼저 학교에 나와서 불을 켜고, 가장 늦게 자습실을 나가면서 불을 껐다. 그 큰 덩치가 쌍코피를 쏟았다.

“별일 다 있네. 여태 공부는 안 하고 아령만 들던 녀석이 어쩐 일이래? 아들, 좀 쉬어가면서 해. 응?”

“아냐. 나 꼭 대학 가야 해! 엄마, 방해하지 마.”

“너 혹시, 지난번에 헬스장에서 사고 친 거 때문에 미안해서 그러니?”

"그런 거 아냐. 그건 내가 대학 가서 갚을 거야. 엄마, 나 무슨 일이 있어도 대학 가야 해. 그러니까 제발 방해하지 마. 알았지?"

"그거야 그렇게만 된다면야……. 몸 상할라, 얘. 천천히, 쉬엄쉬엄, 알았지?"

그녀는 돌처럼 단단한 아이의 어깨를 몇 번 주무르다가 방을 나왔다.

철산 엄마는 새벽까지 책 앞에서 씨름하는 아들의 오기에 감탄했다. 도대체 어떤 힘이 아이를 사로잡은 걸까? 저러다 판검사 나으리 되는 건 아닌가, 온갖 즐거운 생각에 사로잡혀 싱글벙글 웃었다.

"방 여사, 요즘 왜 그렇게 기분이 좋아? 새신랑 덕인가?"

미용실 여자들이 깔깔거리며 웃었다. 어디 놀릴 테면 놀려보라지, 흥! 우리 아들 판검사만 되면 니들은 볼 일도 없다고.

"그게 아니고, 실은 우리 철산이가 요즘 너어무 공부를 열심히 해서 걱정이야. 매일같이 책만 판다니까!"

"별일이네. 힘만 센 녀석이."

"그러니까 내 말이……."

"비결이 뭐래? 아들한테 공부신이라도 내렸대?"

전국의 소문난 점집만 찾아다니면서 부적을 수집해대는 미용실 원장이 손님 머리를 만지면서 물었다.

"내 생각엔……."

철산 엄마가 진지한 표정을 짓자 여자들이 그녀에게 집중했다.

"비행접시 때문인 것 같아."

"뭐? 에라이!"

미용실 원장이 헤어드라이어를 손에 들고 콱 때리는 시늉을 했다. 여자들이 깔깔거리며 웃었다. 그러나 방 여사의 얼굴은 매우 진지했다.

"아니야. 우리 애가 과학 캠프 여행 가서 보리밭에서 비행접시를 만나고 왔다고 그랬는데, 그때부터 달라졌어. 정말이야. 내 말 믿어도 좋아. 전보다 힘도 더 세지고 공부도 열심히 하고 그렇게 됐다니까!"

방 여사의 진지한 고백에 미용실에 앉아 웃던 여자들의 얼굴이 심각하게 굳었다.

"아줌마."

거울 앞에 앉아 있던 손님이 방 여사 쪽을 보며 말을 걸었다.

"네? 저요?"

철산 엄마가 대답했다. 지적인 분위기가 잔뜩 묻어 있는 여자였다. 대학 교수쯤 되려나?

“그러니까 아드님이 비행접시를 봤다는 거기가 어디예요?”

그 여자가 진지하게 물었다. 미용실 분위기가 싸늘하게 가라앉았다.

갑자기 침묵이 내린 미용실의 매출이 걱정된 원장이 철산 엄마를 싸늘하게 쳐다봤다. 수다 떨면서 정신을 빼놓고선 머리 값을 올리는 게 그 원장의 성공 비결이었다. 원장은 철산 엄마의 말을 막아야겠다고 생각했다.

“왜요, 손님? 댁에 중요한 시험 보는 사람이라도 있수?”

“우리 둘째가. 사법고시 1차는 패스했는데, 2차가 영 불안해서 말이지…….”

미용실에 앉아 있던 여섯 명의 여자들이 눈이 휘둥그레져서 그 지적인 ‘손님’을 우러러보았다.

“부적 하나 팔아드릴까?”

미용실 원장이 작업에 나섰다.

“부적이요?” 대학 교수 여자의 눈이 빛났다.

“아, 언제 나타날지 모르는 비행접시보다야 낫지 않겠수? 얼마 전에 신내림 받은 싱싱한 애기 무당이 있어.”

손님이 눈을 크게 뜨고 거울 속의 원장을 바라봤다.

"열네 살 먹은 여자앤데, 신 내린 지 보름밖에 안 됐어."

여섯 명의 여자들이 원장 주변으로 허리를 숙였다. 가장 앞장서서 귀를 세운 사람은 철산 엄마였다.

"신빨이 내리고 한 달 안에 부적 받으면 대박이 나거든. 근데 그 여자 무당 부적이 좀 특이해."

"어떤 부적인데요?"

"욕지거리를 쓰나 봐. 밤낮없이 방바닥이고 벽지고 침대에 커튼에 욕을 쓴대. 애 엄마는 큰 교통사고로 3년 전에 죽었고, 아마도 그래서 신이 왔나 보더라고. 애 아빠 혼자 그 아일 키우고 있었는데, 어느 날 밤에 갑자기 신이 내렸대. 그때부터 지금까지 쉬지 않고 부적을 쓰고 있다는 거야. 그 부적 받아간 사람들 중에 로또 맞은 사람이 벌써 두 명이나 나왔대. 아직 처녀니까 생리 날 잡아서 받으면 더 좋고. 한 사흘 후가 생리 날이라고, 벌써 그 집 아파트 앞에 장사진을 쳤대요. 그런 신기 있는 무당은 소문이 금방 나거든. 전국에서 올라와서는 아파트 주차장에 텐트까지 치고 그런다는 거야. 신이 언제 가실지 모르거든!"

"가만있어봐. 이거 머리는 좀 있다가 하고. 박 원장, 거기 어디예요? 혹시 주소 알아요?"

지적인 여자가 미용 망토를 허겁지겁 걷어내며 수선을 떨었다.

“거기가 어디냐 하면……, 그런데 손님, 이 머리 아무래도 그냥 파마로는 안 되겠는데, 수분트리트먼트 아쿠아링이라고 내가 얼마 전에 미용대전 가서 배워 온 기술이 있는데…….”

“알았어. 알았다니까. 그거 해. 아쿠아링. 일단 거기 주소부터, 참, 내 폰 어딨지? 저기 아줌마, 거기 내 가방 좀 줘봐요!”

갑자기 난리가 났다.

그런 걸 왜 인제사 말해, 박 원장 그러기야? 내가 여기서 머리하면서 처들인 돈이 얼만데 그 중요한 정보를 이제사 말하는 거냐고? 이러기야 정말? 거기 어디야, 나도 좀, 나도, 나도…….

그 ‘나도’를 외친 여자들 중에 가장 목소리가 큰 사람이 철산 엄마였다.

철산 엄마는 그길로 미용실을 나와 욕지거리 신을 받았다는 처녀 무당을 찾아갔다. 부천에 있는 그 아파트에는 진입로에서부터 텐트가 깔려 있었다. 주민들 반대가 심해 아파트 안으로는 못 들어가고 아파트 진입로가 시작되는 길바닥에 난데없는 텐트의 열이 이어졌다. 그 분위기를 적절히 표현하자면……, 난민촌에 교황성하께서 방문하시는 분위기였다.

저마다 현금이 든 돈 가방을 손에 쥐고 있었다. 돈이 문제가 아닌 절박한 문제를 끌어안은 사람들이 로또를 바라는 마음으로 몰려들었다. 들은 말로는 대기업 총수까지 비서를 시켜 텐트 열에 가담했다는 거였다. 앞줄 자리를 되팔아먹는 몹쓸 암표꾼도 끼어 있었다.

철산 엄마 방 여사는 거기서 이틀 밤을 보낸 후, 처녀 무당의 생리 날이 지나갈까 걱정했다. 결국 그녀는 그 몹쓸 암표꾼에게 300만 원의 거금을 현찰박치기로 내어주고 자리를 샀다. 방 여사는 모기가 들끓는 텐트 속에서 사투를 벌이며 이틀 밤을 새웠다. 그리고 알아보도 못 하는 욕지거리가 가득 적힌 종이쪼가리를 받아 들고 집으로 왔다.

이것이 김철산 가방에 들어 있는 그 유명한 '쌍욕 부적'(일명 '쌍욕 A4')의 기원이다.

김철산은 어딜 가나 그걸 몸에 넣고 다녔다. 자습실 칸막이에 떡하니 붙여놓은 쌍욕 부적을 볼 때마다 철산은 힘을 얻었다.

"널 위해서라면 이보다 더한 것도 엄마는 할 수 있어. 그거 얼만지 묻지 마. 눈 딱 감고 큰돈 쓴 거야. 대학 갈 때까지 그걸 몸에 소중히 간직하고 다녀. 철산아, 이건 엄마의 마지막 소원이야. 그러니 그 부적 함부로 놀리지 말고 잘 간직해. 알았지?"

엄마는 그렇게 당부했었다. 그 말과 함께 철산의 마음을 강하게 사로잡는 또 한 여자의 음성이 있었다.

'내 가슴.'

아, 이 얼마나 가슴 시린 말인가. 철산은 그 말을 떠올릴 때마다 자신에게 부여된 사명 같은 것을 느꼈다. 어떻게 해서든, 무슨 짓을 해서라도 꼭 대학에 가고 말리라. 철산은 두 여자의 다짐과 약속을 마음속에 간직하며 공부에 매진했다. 형설지공으로.

"야, 이거 2천만 원이라며?"

기태가 여전히 즐거운 표정으로 철산 옆에 다가와 속삭였다.

새암고등학교 4층 자습실. 석식 후 자습실은 한산했다. 열댓 명 아이들이 드문드문 앉아 있었다.

"자릿세까지 합하면 2300만 원짜리야. 함부로 만지지 마."

철산이 칸막이 너머로 기태를 노려보며 경계하듯이 말

했다.

"알았어. 근데 철산아, 나 그거 한번 봐도 돼?"

기태가 물었다. 그가 손에 들고 있던 포카리스웨트를 홀짝거렸다.

"안 돼." 철산이 단호하게 대답했다.

"딱 한 번만. 2300만 원짜리 부적은 어떻게 생겼나 보고 싶어서 그래. 한 번만 보자."

"고장 나면 어쩌려고?"

"야, 종이쪼가리에 전기가 흐르냐? 고장은 무슨. 크롬 서클 동기 아니냐. 한 번만 보여줘."

철산이 잠깐 망설이더니, "그럼, 딴 데 가지 말고 여기서만 봐. 얼른 보고 나서 돌려줘야 돼. 자." 하며 부적을 칸막이에서 떼어내 기태에게 넘겼다.

철산의 손이 부적을 조심스럽게 어루만졌다.

기태가 철산 맞은편 자리에 앉아 알아볼 수 없는 글이 적힌 A4 용지를 앞뒤로 넘기며 구경했다.

"철산아, 이거 사진 찍어도 돼?" 기태가 물었다.

"안 돼. 엄마가 신기 달아난다고 그런 거 하지 말랬어. 이리 줘. 인제 다 봤잖아."

"쫌만 더 보자. 어차피 사진도 못 찍으니까."

"좋아. 그럼, 3분 줄게. 봐."

기태가 욕지거리를 읽어 내려갔다.

"부, 리, 라, 도, 오, 씨, 바, 거, 턴, 거, 더, 나, 블, 처, 발, 라, 나, 쓰, 니, 어, 두, 버, 서, 그, 래, 가, 음, 마, 파, 가, 새, 나, 오, 고, 그, 럼, 죽, 어, 버, 써, 아, 호, 비, 야, 그, 만, 두, 까, 바, 머, 시, 럼, 아, 아, 니, 저, 년, 빠, 리, 죽, 어, 버, 리, 지, 그, 래, 빠, 리, 주, 그, 먼, 돼, 지, 괴, 물, 가, 튼, 년, 가, 아, 암, 마, 파, 수, 치, 혀, 관, 개, 파, 열, 또, 이, 천, 사, 백, 알, 디, 시, 간, 이, 천, 육, 백, 미, 리, 씨, 버, 엇, 뜨, 투, 가, 울, 사, 아, 시, 오, 퍼, 새, 끼, 이, 거, 마, 가, 나, 가, 어, 서, 아, 아, 아, 아, 다, 다, 빠, 리, 디, 에, 꺼, 나, 가, 개, 해, 시, 새, 끼, 야, 다, 찌, 마, 시, 시, 끼, 드, 라……. 철산아, 이거 부적 아니야."

"뭐? 너 또 깐죽거릴래? 이리 줘! 그럴 줄 알았어. 새끼, 너도 나 놀리려고 그려는 거지?"

"난 모든 종교를 존중해. 철산아, 여기 알아볼 수 있는 말이 몇 개 있어. 그냥 욕이 아니야. 그러니까, '그럼 죽어 벌써 아홉이야.' 가운데 욕하는 건 빼고 뒤에 또 이런 말도 있어."

그때였다.

"어이, 철싼!"

건들거리는 놈 하나가 철산에게 다가왔다. 김인용, 학교 일진이다. 하나가 아니다. 그 뒤에 열두어 명이 더 왔다. 철산이 인상을 팍 썼다.

"죽을라고! 행님 공부하는 데 방해되니까 저쪽 가서들 놀아."

철산이 무게를 잡고 말했다. 저런 놈들은 첨부터 기를 꺾어놔야 한다.

"철싼, 난 네가 부러워."

철산이 놈에게 대꾸하지 않고 책상 앞으로 머리를 숙였다. 철산이 손을 뻗어 기태가 들고 있던 부적을 가져갔다.

"뭐가 부럽게?" 놈이 낄낄거렸다. "2300만 원짜리 쌍욕 메모를 부적이라고 믿는 너의 그 순수한 열정 말이야. 참 바보 같지. 안 그래?"

김인용이 뒤에 있는 놈들에게 고개를 돌리며 크게 웃었다. 자습실에 앉아 있던 아이들이 가방을 챙겨 밖으로 나갔다. 기태가 포카리스웨트를 마시면서 김인용을 바라보았다.

"절름발이, 넌 뭐?"

김인용이 사나운 눈으로 기태에게 시비를 걸었다.

"아냐, 그냥, 네가 다칠까 싶어서."

"헤헤헤헤헤, 이 새끼가 지금 나보고 뭐라고 했게?"

김인용이 더럽게 이죽거리면서 패거리들에게 물었다.

"아예 휠체어 신세 지고 싶냐?"

김인용이 턱을 비틀면서 말했다. 변기태가 자리에서 일어나 몸을 옮겼다.

"앉아, 씨빠라!"

녀석이 기태를 자리에 팍 앉혔다.

"어이, 철싼, 그거 함 줘봐."

"뭐?"

"그거, 니미 지랄 쌍욕 부적!"

"존말 할 때 가라. 다친다." 철산이 무겁게 말했다.

"그래. 조심하는 게 좋아. 내 말 들어. 제발." 기태가 긴장한 눈으로 철산을 보며 말했다.

"수학여행 가서 일진 맞장 뜰 건데, 네가 1위 후보라더만. 그 쌍욕 부적 들고 있으니까. 철싼 네가 짱먹을 거라고."

"누가 그래?"

"있어. 부적 내놔봐."

김인용이 입을 비틀면서 말했다. 철산이 숙이고 있던 머리를 들어 세우며 눈을 감았다.

"씨빨, 나 존나 열 받았거덩!" 하면서 김인용이 철산의 머리채를 휘어잡고 책상에 처박았다.

철산이 그 무지막지한 힘을 써볼 새도 없었다. 김인용의 손과 주먹이 빨랐다. 그는 변기태가 들고 있던 포카리스웨트 캔을 빼앗아 들고 철산의 머리를 찍어내렸다. 일곱 대쯤 맞았을 때 철산이 자리에서 일어섰다. 목 뒤로 작은 핏줄기가 보였다.

김인용이 잔뜩 흥분해 헐떡이며 혀를 낼름거렸다. 싸움을 할 때는 먼저 달려들어 초주검을 만들어놔야 한다. 그것이 김인용의 철칙이었고, 그 원칙대로 철산을 두들겨 팼다. 그런데 저 멧돼지 같은 놈은 조금도 당황하지 않고 서 있었다. 목 뒤로 피를 흘리면서.

기태가 책상 위로 기어올랐다. 저건 또 뭐야, 하는 눈으로 인용이 기태를 쳐다봤다. 기태가 철산을 향해 손을 뻗었다. 그의 옷자락을 움켜잡았다.

"철산아, 하지 마!"

철산의 근육이 부풀어 올랐다. 김인용이 뒤로 물러섰다.

"해봐, 덤벼봐!"

김인용이 캔을 움켜쥐고 건방진 말투로 말했다. 이 개새끼, 하면서 철산이 주먹을 들었다.

"해봐, 해보시지!"

김인용이 촐랑거리며 손을 들었다. 그의 손에 철산의 부적이 들려 있었다.

철산이 옷섶을 뒤졌다. 어느 틈에 그걸 빼냈는지 녀석이 부적을 손에 쥐고 살랑살랑 흔들었다.

"그거 이리 줘."

철산이 차분하게 말했다.

"갖고 싶어? 줄게."

녀석이 입안 가득 가래를 끌어올렸다. 그리고 종이 위에 곱게 가래를 뱉었다. 가래가 더럽게 늘어졌다. 김인용은 종이를 한 번 접고, 두 번 접고, 촘촘하게 접었다. 그리고 작게 뭉쳐진 종이를 공중으로 한 번 띄우더니 발로 탁 찼다. 부적이 창밖으로 날아갔다.

기태가 책상에서 내려와 철산 앞을 가로막았다. 거의 그의 가슴에 매달리다시피 하면서 철산을 반대쪽으로 밀었다. 그러나 철산은 밀리지 않았다.

철산이 깊게 심호흡을 했다. 기태가 더 힘을 주어 철산을 계속 반대편으로 밀었다.

"힘 잘못 쓰면 쟤 죽어. 넌 살인자가 돼. 가자. 참아. 가자."

기태가 속삭이면서 철산을 밀었다. 철산이 반대편으로 발길을 옮겼다. 그때 뭔가가 날아와 철산의 목덜미를 때렸다. 캔이 바닥을 굴렀다.

철산이 걸음을 멈추었다. 그가 바닥에 떨어진 캔을 집어 들었다. 그는 두 주먹으로 캔을 찌그리고 찌그리고 또 찌그러뜨렸다. 캔이 아주 작은 공으로 변했다.

철산은 뒤에 있는 김인용에게 걸어갔다. 놈들은 방금 본 광경에 넋이 빠져 있었다. 철산이 인용에게 작은 물건을 건네주었다.

"다음엔 이렇게 될 거야."

철산이 그렇게 말하고 돌아 나갔다.

김인용이 손바닥을 구르는 알루미늄 구슬을 보면서 자리에 털썩 주저앉았다. 직경 1센티미터의 작은 공으로 변한 포카리스웨트 캔이 앙증맞게 빛났다.

철산은 화단 회양목을 손으로 뽑아내며 필사적으로 뒤졌다. 성질 난 멧돼지처럼 씩씩거렸다. 기태가 화단 바닥에 박힌 섬돌에서 부적을 찾았다. 부적은 하필이면 고인 물에 들어가 있었다. 기태가 집어 올리자 구정물이 뚝뚝 떨어졌다.

철산의 얼굴이 일그러졌다. 거의 울 것처럼 입술이 떨렸다. 철산이 자습실 쪽을 보며 근육을 씰룩거렸다.

"참아, 참아. 철산아, 부적은 자기 최면일 뿐이야. 너 혼자서도 얼마든지 할 수 있어."

기태가 위로했지만 철산의 숨소리는 더 거칠어졌다.

'쌍욕 A4'는 흑마술에 걸려 힘을 잃은 마법책 같았다. 그것은 그냥 평범한 휴지 조각처럼 보였다. 종이가 겹친 부분의 글자가 보이지 않았다. 철산이 러닝셔츠를 당겨 올려 더러운 것을 조심스럽게 닦아냈다.

"철산아, 아까 말하진 않았는데, 그 부적, 알아볼 수 있는 글씨가 몇 개 더 있어."

철산은 들은 체도 안 했다. 러닝셔츠를 끄집어내어 닦다가 손으로 닦다가 히잉 하며 울음 섞인 소리를 냈다. 그렇게 큰 힘으로도 못하는 것이 있다. 침과 물에 녹아든 싸구려 A4 용지는 그의 손에서 두 조각으로 갈라졌다. 기태가 그걸 보고 놀라서 입을 벌렸다.

"괜찮아. 1150만 원짜리 부적 두 개가 생긴 거니까. 간편해서 휴대하기도 좋고."

"이 새끼가!"

철산이 폭발하는 소리에 놀라 기태가 두 팔을 들어 눈앞을 가렸다. 기태가 팔을 떼어내고 앞을 보았을 때, 철산은 기태 옆에 없었다.

기태가 주위를 두리번거렸다. 철산이 보였다. 그는 겅중거리면서 화단을 넘어 운동장을 향해 달려가고 있었다. 바닥에는 1150만 원짜리 부적 두 개가 나뒹굴었다. 기태가 그걸 주웠다. 그리고 운동장을 보았다. 석양이 드는 운동장을 가로질러 김인용 무리가 걸어가고 있었다.

“클났다. 재들!”

기태가 절뚝거리는 걸음으로 교무실을 향해 뛰어가면서 여러 사람을 불렀다. 선생님, 애들아, 아저씨! 웅, 아저씨? 어쨌든.

철산은 김인용 패거리를 향해 달려들었다. 뒤에서 열두어 명의 아이들을 덮쳤다.

하지만 걔네들이 어떤 애들인가. 조폭 조기교육 프로그램에 의해 어렸을 때부터 조직폭력 영재로 기획 양성된 애들이 아닌가.

철산의 첫 번째 가격으로 피해를 입은 아이는 아무도 없었다.

철산은 바보같이 달려들면서 고릴라 같은 소리를 냈다. 그 소리를 듣기도 전에 저쪽 녀석들은 이미 발소리를 듣고 몸을 피했다. 걔들이 어떤 애들인데.

순식간에 열세 놈의 패거리가 철산을 둘러쌌다. 철산은 사람이 만든 동그란 서클 안에 갇혀 팔을 휘두르고 발로 차고 했지만 한 녀석도 때리지 못했다.

힘은 스피드를 당해내지 못했다. 한 녀석, 두 녀석이 철산을 톡톡 때리는가 싶더니 누군가가 아주 가볍게 발을 걸자 힘만 센 덩치 녀석이 바닥에 엎어졌다. 그 위로 놈들이 달려들어 발로 차고 주먹으로 때렸다. 철산이 팔과 주먹을 휘두르면 놈들은 얼른 몸을 피했고, 다시 달려들어 철산을 두들겨 팼다.

그 일은 불과 5분 동안 벌어진 일이다. 기태의 소란을 듣고 학교에 남아 있던 선생님들과 아이들이 운동장으로 달려갔을 때는 운동장에 앉아 엉엉 울고 있는 김철산만 보였다.

육중한 제 몸의 무게를 이기지 못하고 쓰러져 헐떡이는 초원의 버팔로처럼, 외로운 슈퍼 파워 김철산이 석양을 등진 채 주저앉아 바보처럼 울었다.

그는 구겨진 A4 용지 같았다.

"이게 그거야? 그 유명한 쌍욕 A4?"

이진우가 교무실 자리에 앉아 커피를 홀짝이면서 말했다. 이진우는 3학년 방과 후 수업을 마치고 나오면서 철산과 기태를 만났다.

종이가 아예 찢어지기 전에, 부적을 이진우 선생님께 보여주어야 한다고 기태가 우겼다. 철산은 마지못해 부적을 들고 진우 쌤을 찾았다.

"부적이에요." 철산이 우겼다.

"얼굴은 또 왜 그래?" 별일도 아니라는 듯, 진우가 물었다.

"넘어졌어요."

눈, 코, 입, 양쪽 광대뼈와 입가에 밴드를 덕지덕지 붙인 철산이 대답했다.

"그 말을 나보고 믿으라고?"

진우가 콧방귀를 날리며 웃었다. 철산이 작은 소리로 욕설을 뱉었다

"기태 말이 맞네. 이거 부적 아냐." 부적을 보면서 이진우가 말했다. "뭐, 부적이라고 해도 되고. 어차피 부적이란 게 믿음의 상징이니까. 로고 같은 거도 부적이라면 부적이지."

"그럼, 그게 부적이 아니면 뭐예요?"

철산이 밴드 때문에 당겨진 입으로 삐뚤게 물었다.

"나도 그게 궁금해. 여기 있는 내용이."

"뭐라고 적혀 있는데요?" 기태가 물었다.

"띄어쓰기가 엉망이라 잘은 모르겠지만……, 킁킁, 이거 무슨 냄새야? 화장실에 빠뜨렸어?"

"그런 게 있어요. 계속 말씀해보세요."

기태가 진우를 재촉했다.

"알아볼 수 있는 데가 몇 군데 있어. '이, 천, 사, 백, 알,

디……', 이건 무슨 숫자인 거 같고, 또 '시, 간, 이, 천, 육, 백, 미, 리, 씨, 버, 엇, 뜨', 이건 확실해! 이거 부적 아니야."

"아, 나, 참, 그럼 그게 부적 아니면 뭐냐고요?"

철산이 성질을 부렸다. 이게 어디서, 하는 눈으로 진우가 철산을 노려봤다.

"시간당 2600밀리시버트(mSv/h), 내 생각엔……, 이건 감마선 수치야."

"네?"

"밀리시버트는 방사능 측정 단위를 말해. 시간당 2600밀리시버트는 현실적으로 불가능한 수치야. 너네 엄마 속은 거야. 그냥 아무 거나 욕설처럼 갖다 붙여논 말이야."

"아니에요. 그 열네 살 먹은 여자애가 밤새도록 그걸 받아 적은 거라고 했어요. 귀신이 불러준 거라고. 보름 전에 신이 내려서 벌써 2500장째 부적을 쓰고 있대요. 제 부적은 2485번째 부적이라고요!"

철산이 강하게 항변했다. 입가에 붙어 있던 밴드 두 개가 나풀거리며 바닥으로 떨어졌다.

"뭐? 보름 전?"

"네."

진우의 눈동자가 좌우로 두 번씩 왕복했다. 그의 표정이 짐작하기 어려운 가능성을 짚었다. 불신과 믿음의 교착상태에 빠진 독실한 신자처럼, 그는 여러 갈래로 생각했다.

보름 전은……, 보리밭 사건하고 시기가 비슷하다. 지금은 5월 27일, 에스더가 사라진 지 19일째 되는 날이다.

"너, 혹시 거기 어딘 줄 아니? 그 무당집?"

"아뇨. 왜요? 쌤도 한 장 사시게? 연애 부적으로다가?"

철산이 바보처럼 웃었다. 입가에 다시 붙여놓은 밴드가 팔랑거렸다. 풀을 실컷 뜯어먹은 버팔로 같았다.

"이거, 나 좀 빌려줘."

"안 돼요."

"알았어. 그럼."

이진우가 폰 카메라를 열었다. 철산이 신기 달아난다고 난리를 피웠다. 아무렇지도 않게 진우가 사진을 찍었다.

"기말고사 못 보면 다 쌤 탓이에요!"

이진우가 녀석 이마를 한 대 탁 때렸다. 진우가 사진을 김경희 기자에게 전송했다.

잠시 후, 김경희에게서 전화가 왔다. 진우가 전화를 받자마자 그녀가 먼저 말했다.

— 방사선 수치 맞죠? 시간당 2600밀리시버트. 우주 감마

선 수치예요. 선생님, 이 정보 어디서 구했어요?

"점집에서요."

— 네?

"철산이 엄마가 신 내린 처녀 무당 집에 가서 그걸 받아 왔다는군요."

— 선생님, 지금 어디세요?

"아직 학교요."

진우가 시계를 봤다. 저녁 8시 40분.

— 저 지금 혼자 감자탕 먹고 있는데 이리로 오실래요? 괜찮으시다면?

"혼자서요?"

— 불금이잖아요. 실은 세무조사 때문에 힘들어 죽겠어요. 하루 종일 영수증 만들다 왔어요.

진우가 자기 옷을 살폈다. 누렇게 빛바랜 하늘색 와이셔츠에 감색 양복바지. 갑자기 자신이 입고 있는 옷이 답답하게 느껴졌다.

"오늘은 좀……."

— 왜요? 아, 약속 있으시구나!

"아뇨. 옷이 좀 불편해서요."

— 괜찮아요. 맞선 보는 거도 아닌데. 남자가 소심하긴! 그

냥 오세요. 여기가 어디냐 하면…….

그녀가 불러주는 감자탕집 주소를 받아 적으면서, 진우는 킁킁 자기 몸에서 나는 냄새를 맡았다.

20화

Belief

믿음 5

“선생님, ‘스피릿 트랜스포트’라는 거 혹시 들어보셨어요?”

“그게 뭐죠? 게임인가요?”

감자탕 중형 냄비를 혼자서 다 비우고, 그녀는 눌어붙은 볶음밥을 긁어 먹고 있었다. 빈 소주병 하나, 잔에는 절반 남은 소주가 찰랑거렸다.

“한잔하실래요?” 그녀가 물었다.

“아뇨, 운전 때문에.”

“참, 바른 생활 하시죠? 깜빡했네. 와이셔츠에 양복바지. 좋아요. 맞선 보셔도 되겠네. 모르몬교 신자 같아요.”

그녀가 자기 말에 깔깔거리며 웃었다.

"스피릿 트랜스포트가 뭐죠?"

진우가 그녀의 빈정거리는 말을 무시하며 물었다.

"정신이 연결되는 거예요."

갑자기 웃음이 멎은 그녀의 얼굴이 어색하게 굳었다.

"텔레파시?"

"그거하곤 좀 달라요." 그녀가 남은 반 잔마저 비웠다.

"〈죽음의 집의 기록〉이라는 문서가 있어요."

소주잔을 탁, 탁자 위에 놓았다.

"도스토옙스키?"

러시아 말로 인사하는 것처럼 반가운 얼굴로 진우가 물었다.

"낭만적이시긴! 그거 말고요, 제가 말하는 건 체르노빌 사건 희생자들 기록이에요. 1986년에, 지구 한 귀퉁이가 날아갈 뻔했죠. 아시죠? 소련 체르노빌 원자력 발전소 폭발 사고?"

진우도 숟가락을 집어 들었다. 방과 후 수업까지 마친 금요일 밤, 배가 고팠다. 남들처럼 불타는 금요일이라면 좋으련만. 방과 후 수업이라도 뛰어야 돈을 더 벌 수 있다. 선생 월급이라는 게……, 알잖은가.

"그 사고 때 4백 명 정도가 거길 빠져나오지 못하고 도시 안에서 죽었어요. 그때 그곳의 기록이죠. 사람들이 거기서 어떻게 죽어갔는지 그걸 기록한 거예요. 체르노빌, 거긴 앞으로

200만 년 정도는 못 들어가요. 영원히 폐쇄된 땅이죠."

"그런데 어떻게 그걸 기록했죠? 못 들어가는데?"

진우가 냄비에 숟가락을 넣고 깨작거렸다. 보다 못한 그녀가 냄비를 박박 긁어주었다. 긁어모으니 대여섯 숟가락은 될 법했다. 진우가 조심스럽게 밥알을 다졌다. 그가 한 숟갈 입에 넣고 오물거렸다.

"들어봐요. 이모, 여기 밥 한 공기요. 계란탕도!"

그녀가 다시 식욕이 도진 듯 크게 외쳤다. 뭘까, 저 엄청난 식탐은? 진우가 놀란 눈으로 그녀를 바라봤다.

"그때 사용된 기술이 스피릿 트랜스포트예요. 당시는 냉전이 극에 달해 있었고, 소련은 미국과 경쟁할 만한 기술도 자본도 없었어요. 대신에 소련엔 다른 게 있었죠."

"어떤 거요?"

"슈퍼 파워, 말 그대로 초능력. 미국과 자유세계는 합리론으로 무장하고 있기 때문에 초과학을 인정하지 않죠. 보다 정확하게는 합리적인 자본, 그러니까 세금을 쓰려면 합리적으로 써야 하기 때문에 그런 걸 아예 인정하지 않아요. 염력 개발 비용으로 예산 내줄 국가가 어딨겠어요? 하지만 소련은 달랐죠. 걔들은 아예 돈 자체가 없으니까 돈 없이도 가질 수 있는 힘을 원했어요. 그래서 초능력자들을 발굴해서 훈련시킨 거예요."

"말이 되긴 하네요. 돈이 없으면 사기를 치기도 하니까."

김경희가 잠깐, 의심 많은 진우의 얼굴을 째려보았다. 진우는 그걸 못 봤다. 그는 다시 흩어진 밥알을 다지고 있었다. 합리적으로, 착실하게.

"사고 이후에 생존자를 구하려고 노력했지만 접근 자체가 불가능했어요. 식량 조달에도 실패했고. 시간이 지나면서 생존자들과 무전 연락도 두절됐죠. 그때 그들이 투입된 거예요. 스피릿 트랜스포터들."

스릴 넘치는 SF 영화의 얘기 같았다. 진우는 숟가락을 입에 문 채 그 얘기에 빨려들었다.

아니, 보다 정확하게는, 김경희 기자의 입술을 보았다. 그녀의 입술에는 붉은 김칫국물 자국이 있었다. 저걸 닦아줘야 할까, 진우는 생각했다. 그녀의 도톰한 입술이 발갛게 반짝거렸다.

"스피릿 트랜스포트, 그게 뭐냐면, 사람들 정신이 연결돼서 저쪽 상황이나 사람들 얘기를 누가 받아 적는 거예요. 아무나 그런 정신 감응을 할 수 있는 건 아니고 그 능력을 가진 사람들이 그런 역할을 담당하는 거예요. '조우자들' 중에 그런 능력을 가진 사람들이 있어요. 마치 무선 전파처럼 사람들의 정신 신호가 떠돌아다니는데, 그중에 아주 강력한 정신 신호를 감지해낸다고 해요. 위험에 처해 있거나 절박하게 누군가를 찾는 사람들이 보내는 신호."

밥과 밑반찬이 먼저 나왔다. 계란탕은요? 그녀가 이모를 재촉했다. 밥을 보니 배가 고팠다. 진우가 밥공기 뚜껑을 열고 허겁지겁 먹었다.

"배 곯으셨어요?"

"네에……."

"진작 말씀하시지. 뼈 몇 개 남겨놓을걸. 국물까지 싹 다 먹었는데."

"괜찮아요. 밥 있으면 되죠. 계란탕도 나올 거고. 그래서요? 그 체르노빌 사람들은 어떻게 됐죠?"

"정말 생각만 해도 끔찍한 광경을 소련의 트랜스포터들이 글로 적었다고 해요. 너무 생생하고 끔찍해서 한 번 공개됐다가 반나절 만에 다시 문서 열람이 금지됐어요. 일부 문서는 지금도 러시아어로 떠돌아다녀요. 인터넷에."

"아직도 잘 이해가 안 되네요. 정확히 뭐죠? 그 스피릿 트랜스포터들은?"

"답답하시긴! 비유해서 설명하자면, 일종의……, 정신을 찍어내는 프린터라고 할까? 어딘가에서 날아오는 정신적인 신호를 옮겨서 글로 적는 사람들이에요. 그러니까 무선 프린터라고 할 수 있죠. 오랫동안 사람들은 그런 걸 '영서(靈書)'라고 불러왔어요. 영적인 문서라는 거죠. 고대나 중세에는 영서를 쓰는 종교인들이 많았어요. 역사적인 인물 중에도 있어요. 신약성서에 나오는 사도 바울, 중세 독일의 수도사 마이스터 에크하르트, 프랑스의 여자 전사 잔 다르크, 처용가에 나오는 처용도 트랜스포터였다고 해요. 대부분 무당들이 쓰는 부적도 일종의 영서라고 할 수 있어요."

"그러니까 무당들도 스피릿 트랜스포터다?"

"선생님, 이건 스피릿 트랜스포터가 신호를 잡아낸 거예요. 에스더가 보낸 신호를요."

"하지만 그게 에스더의 신호라는 걸 어떻게 알죠? 철산 엄마가 그 무당에게서 받아 온 부적은 대부분이 욕지거리였고, 숫자 몇 개를 욕처럼 적어놓은 것뿐이었어요. 세상이 얼마나 넓은데……, 그게 에스더가 보낸 신호라고요? 그걸 무당이 받아 적었다?"

그는 괴롭힘을 당하는 모범생 같았다. 자신이 틀렸다는 말은 죽어도 하지 않겠다는 눈빛이었다.

아무래도 이진우는 돈이 많은가 보다, 절박하지 않아서, 자신의 합리성을 뛰어넘는 생각은 아예 못하나 보다, 김경희는 누렇게 바랜 그의 와이셔츠를 보며 그렇게 생각했다.

"이걸 한번 보세요."

그녀가 가방에서 파일을 꺼내 이진우에게 건넸다. 그가 숟가락을 내려놓고 파일을 열었다. 숫자로 가득 찬 문서가 들어 있었다. 일정한 간격으로 기록된 숫자는 소수점 단위로 숨 가쁘게 이어졌다.

"선생님은 보시면 아실 거예요."

김경희가 컵을 들어 물 한 모금을 들이켜며 말했다. 컵을 내렸을 때 그녀의 얼굴에는 표정이 없었다.

"데이터군요."

이진우가 테이프로 발라놓은 것처럼 딱 다물고 있던 입을 열었다.

"방사능 수치예요."

그녀의 말에 이진우가 눈을 번쩍 치켜떴다. 그녀는 문서를 향해 눈을 내렸다. 이진우가 고개를 좌우로 돌려가며 문서를 살폈다.

"피폭량이 꽤 될 텐데?"

그는 데이터에서 눈을 떼지 않고 말했다. 손이 약간 떨렸다.

"꽤 되는 정도가 아니에요. 몸속의 모세혈관이 전부 터졌어요. 〈죽음의 집의 기록〉에 나오는 사람들 증상도 죽은 사채업자들하고 비슷했어요. 일부는 세포막이 터져서 죽처럼 흐물거리는 상태로 죽어갔죠. 정말 끔찍했을 거예요."

그녀가 고개를 천천히 가로저으며 한숨을 쉬었다. 이진우는 입안에 오래 머금고 있던 밥을 꿀꺽 삼켰다.

"그 데이터, 박에스더 집에서 죽은 두 명의 사채업자들, 그 시신에서 검출된 거예요."

그 말에 이진우가 입을 살짝 벌리고 숨을 급히 들이마셨다. 어떻게? 그걸 말하려는 듯, 입 모양이 벌어졌다. 김경희가 틈을 주지 않고 말했다.

"우리도 모르는 제보자가 있어요. 새벽에 팩스로 들어왔어요. 에스더는 감마선을 방출하는 능력을 가진 거예요. 그 무당의 부적 안에 2600밀리시버트라고 써 있었죠? 그건 원자폭탄이 폭발할 때나 나올 법한 수치예요. 에스더가 듣고 보는 일들이 트랜스포터에게 전달된 거예요. 에스더 파일은 2급 국가기밀이에요. 그럼 국가 기관에서 에스더를 데리고 있는 거고. 방사능 수치를 기록하면서 실험자들이 나눈 대화 내용인 것 같아요."

"그렇다고 치죠."

"네?"

구불거리는 커브를 돌다가 갑자기 길이 사라진 골목에 선

느낌이었다. 기껏 설명했더니 이진우는 자기 마음대로 생각하고 있었다. 그렇다고 치자고 말한다. 김경희가 어이없다는 표정으로 입술을 비틀었다.

"그럴 수도 있겠다고요. 신문 기사를 오려내 이어붙이면 3차 세계대전 시나리오도 만들 수 있어요."

왜 저렇게 냉담하게 잘난 척하는 말을 할까. 그는 한 번도 몰상식한 일을 겪어보지 않은 사람처럼 굴었다.

"아직도 의심하는군요." 김경희가 실망스런 눈으로 말했다.

"저도 제가 아는 걸 가지고 이야기를 만들 수 있어요."

"제 말을 믿지 않는 사람은 이 선생님이 처음은 아니었어요. 사실……, 모두들 믿지 않죠."

"김 기자님. 이건 믿음의 문제가 아니잖아요. 타당성을 생각해보자는 말이에요. 에스더가 메르스 같은 전염병에 걸려 시설에 격리돼 있다는 가설도 생각해볼 수 있지 않나요? 삼촌도 그랬어요. 테러나 전염병 둘 중 하나라고. 국가가 에스더의 행방을 비밀에 부치기로 결정했다면 그에 걸맞은 합리적 이유가 있겠죠."

"그래, 이 선생님은 뭐라고 생각하세요?"

"전 몰라요."

이쯤 되면 똥고집이다. 합리적으로 타당성을 따져보자 해놓고선 모르시겠다? 김경희가 작게 콧방귀를 꼈다.

"에스더가 죽었다면?"

김경희가 눈에 힘을 주고 물었다.

"그럴 리 없어요."

이진우가 대답했다. 그가 주먹으로 탁자를 콩 때렸다.

"그건 믿음이죠. 그럴 리 없다는 믿음."

"에스더는 살아 있어요." 여전히 주먹을 쥔 채 그가 말했다.

"살아 있을 확률을 말하는 건가요? 아니면 스스로를 위로하는 말?"

"느낌이 그래요."

"흠, 느낌이라…… 그 느낌도 선생님이 말하는 타당성의 일부인가요?"

두 사람은 아슬아슬한 곡예를 벌이는 것 같았다. 조금만 더 대화를 이어가면 큰 다툼이 일 것처럼 팽팽했다.

이진우가 손을 뻗어 김경희의 술잔을 집었다. 그가 술을 따라 한 번에 들이켰다.

"운전은요?" 김경희가 물었다.

"두 잔 반까지는 괜찮아요."

"아주 합리적이군요."

그녀가 쌀쌀맞게 말했다. 이진우가 입술을 깨물면서 쓴웃음을 지었다. 그의 기죽은 표정을 보다가 좀 너무한다 싶었는지 그녀가 말꼬리를 내렸다.

"미안해요. 비아냥거리는 습관이 있어요."

"괜찮아요. 타당성을 따지는 습관보다는 낫죠."

그렇게 말하며 이진우가 두 번째 잔을 들이켰다. 김경희는 잠깐 그의 눈을 바라보았다. 실종자를 찾습니다, 무한 잉크 프린터로 뽑아낸 수백 장의 전단지를 들고 신림역 일대의 번화가를 돌아다니는 그의 모습이 그려졌다. 우리나라의 고등학교 선생님들은 왜 세월이 가도 진화하지 않을까. 그들은 왜 저런 봉건적 와이셔츠와 낡은 구두를 신고 답답하게 살아갈까. 저렇게 바지 안감이 무릎까지 내려오는 즈봉 바지를 입고 어떻게 21세기를 살아갈까.

그녀가 그의 눈을 보고 부드럽게 웃었다.

"궁금한 게 있어요." 그녀가 갑자기 화제를 바꾸었다. "선생님은 왜 아직 혼자세요?"

갑자기 사레가 들렸다. 진우는 요란하게 기침을 했다. 시뻘건 얼굴로, 눈에 물이 고였다. 쿨럭, 쿠울럭……, 기침이 조금 잦아들었다.

"저야, 뭐……, 능력이 부족해서겠죠. 초능력이. 그러시는 김 기자님은요?"

"전……, 초능력이 너무 많아서겠죠?"

"김 기자님도요?"

진우가 진지한 표정으로 물었다.

그녀가 크게 웃었다. 김경희는 진우가 그런 표정을 지을 때가 참 귀여워 보였다. 농담과 진담을 구별할 줄 몰라 저 혼자서 심각해질 때.

저 사람은 학교를 그만두고 나오면 할 수 있는 게 별로 없을 것 같았다. 하다못해 삼류 잡지 기자 일도 진우는 못할 사람처럼 순수해 보였다. 그는 위조 영수증 같은 걸 못 만들 테니까.

그런 진우가, "이유라면 이유일 수도 있겠는데, 빚이 좀 있어요." 하고 말했다.

뭐지 이건? 갑자기 빚 얘기라? 빚 있어도 좋냐고 나한테 묻는 거임? 김경희는 내심 어떤 의심과 예측 사이를 오가며 빠른 연산을 수행했다.

"저런……. 여자들은 그런 거 싫어하긴 하죠. 얼마나 돼요? 그 빚?"

그녀는 그를 떠보기로 했다.

"사생활이긴 한데……. 한번 보실래요?"

"뭘요? 빚을요? 통장 까시게? 지금 저 꼬시는 거?"

거침없이 돌격해보기로 한다. 사립학교 교사에 작은 아버지가 국회의원이시고……, 그게 아니라 저 사람의 영혼이 맘에 든다. 의심 많은 순수한 영혼.

"그런 거 아니고요."

그가 깜짝 놀란 표정을 지었다. 그리고 선하게 웃었다.

"제가 빚을 진 사연이 좀 있거든요. 그걸 보여드리고 싶어서요. 지금이 11시니까 빨리 가면 보고 올 수 있어요."

"도대체 뭘 말하는 거냐고요! 빨리 말해요. 나 지금 화장실 급해요."

"오늘 시간이 늦었지만, 그래도 혹시……."

"빨리 말해요. 화장실……."

"좀 멀긴 한데……, 괜찮으시겠어요? 내일 출근 안 하세요? 전 토요일이라……."

"어디요?"

"그게 저……."

"아, 진짜! 화장실 갔다 와서 말해요!"

그녀가 버럭, 성을 내며 자리에서 일어났다. 진우가 깜짝 놀라 뒤로 물러나 앉았다.

잠시 후.

"어디 갈 건데요?" 그녀가 자리로 돌아와 물었다.

"제 아지트요."

"선생님 집에?"

어, 이 남자 봐라. 바른 생활 하는 줄 알았는데……. 역시 정석으로 꼬드기네. 아주 예의 바르게.

"어디든 가요. 저도 더 먹고 싶어요."

그녀가 그렇게 말하며 현관으로 걸어 나갔다. 노란색 니트, 분홍색 스커트, 길쭉한 다리, 팔랑거리는 말총머리. 총총거리며 걸어가는 뒷모습이 참 예뻤다.

자리에서 일어서면서 진우는 그녀가 남겨놓은 중형 감자탕 냄비를 보았다. 폭발 후의 잔해처럼 박박 긁어먹은 시커먼 자국이 거기 있었다.

진우가 잠깐 혼란을 느꼈다.

"아직 멀었나요?"

"이제 거의 다 왔어요."

"아까도 그렇게 말씀하셨잖아요. 세 번이나."

"그랬나요? 저기 저 언덕만 넘으면 돼요."

벌써 두 시간째, 둘은 차 안에 있었다. 김경희가 한숨 자고 일어났을 때도 진우의 차는 어둠 속을 달렸다.

도대체 어딜 가자는 걸까. 비포장도로를 달리는 차 안에서 그녀는 조금 불안하긴 했지만 그의 영혼을 믿어보기로 했다.

"짠!" 급하게 커브를 돌면서 그가 외쳤다. 그가 도착한 곳은 양평의 어느 깊은 산속, 산꼭대기였다.

가슴이 울렁거릴 만큼 급한 경사가 이어지는 낭떠러지 비탈길을 달려 도착한 그곳에는, 아무것도 없었다. 어둠밖에는.

"다 왔어요."

"여기가 어딘데요?"

"제 아지트."

"여기……, 산꼭대기가요?"

"내려봐요."

이진우가 차에서 내렸다. 그가 어둠 속으로 사라졌다. 잠시 후, 정말로 짠, 하고 전등이 켜졌다.

거기 아주 작은 컨테이너 박스가 있었다. 그 주변으로 엉성한 나무를 엮어 만든 울타리, 어디 고물상에서 주워 모은 것 같은 잡동사니들이 가득했다.

그녀가 차에서 내려 고물상 비슷한 울타리 안으로 걸어 들어갔다.

"이걸 사느라고 빚을 좀 졌어요."

진우가 잡동사니들을 가리키며 말했다

"저 컨테이너랑 고물딱지들을 사느라고요?"

"아뇨. 이 임야를 사느라고요."

"이 산요?"

"산만 있는 게 아니에요. 여기는."

"그럼 또 뭐가 있는데요? 멧돼지?"

"저거요."

진우가 손가락을 치켜들었다. 위를 향해서.

거기에 수없이 많은 별이 반짝거렸다. 깊은 어둠이 은빛 별을 토해냈다.

아, 별이 빛나는 밤, 측두엽 간질로 고생했던 빈센트 반 고흐가 머릿속을 휘젓는 불빛을 따라 그렸다는 그 명화의 울림……. 은하수의 옆구리가 밤하늘을 찬란하게 수놓고 있었다. 북동쪽 하늘 어딘가에서 슝 하고 별똥별이 내렸다.

"와우!"

그녀가 하늘을 올려다보며 감탄했다.

"얼마예요? 평당?"

그녀가 아주 합리적으로 물었다.

"산이요, 별이요?"

별을 보면서 그가 대답했다. 그녀가 큰 소리로 웃었다.

새벽 1시쯤이었다.

그보다 더 놀라운 물건이 컨테이너 박스 안에 있었다.

이 순수한 영혼을 가진 외계인 이진우는 양평의 인적 드문 작은 야산을 사들여, 그에 따르면 산이 아니라 별을 산 거라고 했다, 거기에 자기만의 천문 관측대를 설치해두었다.

진우가 스위치를 올렸다. 끼리링 끼리링 모터 도는 소리가 났다. 컨테이너의 천장이 하늘을 향해 활짝 열렸다. 그녀가 다시 입을 벌렸다. 컨테이너가 별을 담는 그릇으로 변했다.

컨테이너 박스 한가운데는 제법 큰 구경의 반사망원경이 놓여 있었다. 기천만 원은 돼 보이는 값비싼 망원경.

저러니 빚을 졌지, 김경희가 진우 외계인을 보며 실실 웃었다.

벽에는 온통 별자리 지도, 신문 스크랩, 그리고 복잡한 수식과 계산의 흔적들이 보였다. 커다란 화이트보드에 군용 막사침대와 소파, 간단한 취사도구, 그리고 그런 곳에 응당 있어야 할, 낡은 오디오와 음반 몇 장, 줄 터진 기타, 그런 게 있었다.

"도대체……, 여기서 뭘 하고 계신 거죠?"

"주말에 와서 텃밭도 가꾸고 그래요. 풀 때문에 엉망이지만."

"아뇨. 이 천문대."

"천문대는 무슨……. 그냥 뭘 좀 찾고 있어요."

"뭘요? UFO?"

"피그말리온* 알파 식스!"

"그게 뭐죠?"

"아버지가 붙여놓은 별 이름이에요. 간절히 바라고 믿으면 이루어진다는 뜻에서 아버지가 그런 이름을 붙였어요."

"실종되셨다는……, 아버님이요?"

"네. 어렸을 때 아버지랑 별자리 여행을 자주 다녔었죠."

"아버님은 어쩌다가……?"

"갯벌 사고였어요." 그가 고개를 숙였다. "그날도 아버지하고 갯벌에 나가서 별을 보고 있었는데, 갑자기 물이 차올랐어요. 우린 뭍으로 헤엄을 치다시피 해서 달렸고. 제가 깼을 때는, 바다밖에 안 보였어요. 아버지는……."

진우는 여기서 별을 보고, 별을 찾고, 또 사라진 아버지를 찾아 하늘을 보았을 것이다. 어둠 속에서 오랜 세월을 보냈으리라. 어둠이 그를 혼자로 만들었으리라.

혼자 울면서 밤하늘의 별을 보는 외로운 소년을, 김경희는 떠올렸다.

* 그리스 신화에 나오는 조각가. 그는 자신이 만든 대리석 여인상을 사랑하게 된다. 사랑의 여신 아프로디테의 힘으로 그 조각상은 살아 있는 여인이 된다.

"미안해요."

그녀가 진심을 담아 말했다.

"괜찮아요. 여기 누가 온 건 처음이에요. 당신이."

"영광이네요. 이런 고물상에 제가 처음이라니!"

그녀가 생긋 웃었다.

'이제 뭘 할까?'

그런 질문이 진우의 머릿속에 떠올랐다. 어쩌자고 그녀를 여기에 데려온 거지? 이제 곧 새벽 2시. 이제 뭘 해야 하지? 갑자기 싸한 분위기가 흘렀다.

"이제 뭐하죠? 뭐 더 보여줄 거 없어요?"

그녀가 물었다.

"어……, 저기 밭에……, 어, 채소 몇 가지가 있는데 그거 보실…… 래요?"

"이 새벽에?"

"어……, 그거 아니면, 이거 저, 망원경으로 별이라도……?"

그녀는 어느새 진우 곁에 다가와 있었다.

힐을 신은 그녀의 눈이 진우 눈보다 1.5센티미터 낮은 곳에서 반짝거렸다.

진우의 숨과 그녀의 숨결이 닿는 곳에서 가벼운 상승기류가 만들어지면서 경희의 앞머리가 흔들렸다.

진우의 코를 빠져나온 바람이 그녀의 콧잔등 비탈을 넘어 내려올 때 가벼운 푄 현상을 일으켰다. 습기를 빼앗긴 건조하고 뜨거운 공기가 그녀의 입술에 닿았다.

저녁에 마신 13도의 알콜 분자가 혈액 속에 흡수된 지 오래였지만, 어째서인지 그녀는 매우 어지러웠다. 그녀의 뇌 일부 영역의 시냅스에서 분비된 도파민과 옥시토신이 그녀의 신경계를 교란시키고 있음이 분명했다. 그녀는 어지러워 눈을 감았다.

진우의 입술이 그녀의 입술과 8밀리미터 정도의 간격으로 떨어져 있거나 아니면 가까워져 있을 때, 그녀 뇌의 전전두엽이 활성화되기 시작했다. 그것은 판단, 통찰 및 감정 조절을 담당하는 영역이다.

'더 이상 이게 뭐지, 하고 묻는 바보 같은 질문은 하지 마. 그래. 난 이진우 선생을 좋아하고 있어. 아까 사무실에서 위조 영수증 만들 때도 온통 저 외계인 생각만 했잖아. 염병할, 이제 6마리 남았어. 선택해야 해. 저 두껍고 거친 입술 표면과 콘택트하게 되면 어떤 일이 벌어질까? 우린 연인이 될까? 하지만 난 이혼했잖아. 그걸 먼저 말해야 하지 않을까? 그게 어때서? 약간 흠이긴 하지만, 진우 씨도 이 야산을 사느라고 빚이 많다고 했잖아. 지금 무슨 생각하는 거야? 아, 미치겠네. 이제 4미리 남았어. 선택해야 해. 저게 내 입술에 닿는다면 취재는 접어야 해. 슈퍼 쎄븐 아이들은 심한 배신감을 느낄 거야. 그리고 에스더는…….'

진우는 오랫동안 찾고 있던 '피그말리온 알파 식스'를 찾아낸 것처럼 신비로운 느낌에 휩싸였다.

'그녀를 여기까지 데려온 건, 그래 맞다. 내가 그녀를 꼬신 거다. 내게 빚이 좀 있긴 하지만, 그래도 이 야산이 있잖은가. 혹시 아나? 인근에 대규모 개발계획이 터지면서 대박이 날지. 빚은 결혼해서 맞벌이하면서 갚으면 된다. 삼류 잡지라 해도 특종 수당 같은 거 받으면 그래도 월 300은 되겠지. 이 세상엔 미스터리가 많으니까, 특종도 자주 터지고 그러겠지. 누구나 다 그렇게 살고 있지 않은가. 맞벌이하면서, 30년 원금 분할 상환하면서. 그거 다 갚고 암에 걸려서 죽는 게 사람들의 라이프 사이클 아니던가. 그 30년 동안 함께 빚 갚으며 살 사람은 저렇게 눈이 별처럼 빛나는 여자여야 한다. 그래야 별이라도 보지. 난 지금까지 무엇을 찾고 있었던 걸까? 무슨 쓸데없는 것에 정신이 팔렸던가. 산을 팔아야겠다. 저 검게 빛나는 눈동자 두 개면, 수천억 개의 별도 다 필요 없어. 이제 믿음을 가

져야 할 때야. 저게 바로 피그말리온 알파 식스야!'

그녀도, 진우도……, 추리, 추측, 암산, 네트워크 분석, 타당성 검토, 신뢰성 확보……, 와 같은 복잡한 논리 회로를 머릿속에서 작동시켰다.

그녀의 정신과 진우의 정신이 서로에게 아주 강하게 트랜스포트되었다. 그 연산은 대체로 억측, 오판, 과장, 망상, 오류 등의 불확정 연산과 거침없이 뒤섞였다.

진우와 그녀의 입술이 약 2밀리미터의 간격을 두고서, 두 사람의 입술에서 나오는 습기가 서로의 허파꽈리 속으로 들어가 산소와 이산화탄소를 복잡하게 교환하고 있던 그때…….

"에스더를 찾을 방법이 있어요."

김경희 기자가 말했다.

그녀가 '방법'을 발음했을 때, 두 개의 순음 'ㅂ'이 진우의 입술을 살짝 스쳤다. 순간적으로 진우의 혈압이 200까지 솟구쳤다. 그의 손이 그녀의 허리 쪽으로 올라가고 있었다. 그녀가 천천히 그리고 재빨리, 그에게서 멀어졌다.

진우가 그 자리에 선 채로 휘청거렸다.

"그 무당, 지금까지 트랜스포트한 문서가 2500장이라고 했죠? 철산이 2485번째. 그렇다면 지금도 계속 수신하고 있는 거예요. 그 무당을 찾아가요."

"지금요?"

진우가 시계를 보았다. 새벽 1시 50분. 숫자를 보자 진우의 정신이 명료해졌다. 숫자는 진우에게 평안과 위로를 주는 언어였다. 그는 할 수만 있다면 숫자의 세계에서 살고 싶었다. 별과 숫자 속을 헤엄치면서.

진우가 흩어진 밥알처럼 어지럽던 정신을 꾹꾹 눌러 다졌다.

"좀 늦긴 했죠?"

그녀가 어색한 미소를 지으며 되물었다. 그녀의 숨소리는 아직 가파르게 오르내렸다.

"그럼 여기서 자고 갈까요?"

그녀가 물었다. 진우가 다시 한 번 휘청거렸다.

"당신은 저기 소파에서, 나는 여기 야전침대에서."

머나먼 우주의 끝을 가리키는 것처럼, 그녀가 두 가지 사물을 콕콕 짚어가며 말했다. 그리고 말괄량이처럼 야전침대 위에 벌렁 드러누웠다.

"전 이런 거 좋아해요. 밀리터리 소품들. 오빠들이 밀리터리 마니아였거든요. 이런 데서 자보는 게 소원이었어요!"

그래. 진우가 꼬신 게 맞다. 그녀는 모른 체하며 넘어가준 거다. 하지만 김경희는 거기까지만 가기로 했다. 그냥 새벽길을 달려 밤하늘을 보고 오는 데까지만. 컨테이너에서 살고 있는 노총각 외계인의 구질구질한 잡동사니를 구경하고 돌아가는 길까지만.

경희가 자기 팔을 베고 잠을 청했다. 새벽이라 차가운 공기가 들었다. 이진우가 밖으로 나가 차에서 침낭을 가져왔다. 침낭을 풀어 그녀를 덮었다. 그녀는 금세 잠이 든 것 같았다. 진우는 저쪽 소파에 누워 작은 담요를 덮었다.

전등을 내렸다. 어둠이 들었다.

"선생님, 주무세요?"

어둠 속에서 그녀가 물었다. 진우가 벌떡, 소파에서 몸을 일으켰다.

"아니요."

그가 그녀 쪽을 보았다. 작은 창으로 스며든 달빛이 그녀의 몸을 덮고 있었다. 침낭 밖으로 비죽 나와 있는 그녀의 종아리에 노란 빛이 반사되었다.

"내일 아침에 뭐 먹죠? 나 배고파요."

"벌써요? 아까 그 감자탕에 볶음밥도……."

"그러게요. 혹시 라면 있어요?"

"라면 없는데……. 밭에 채소라도?"

"농담하신 거죠?"

"그게 저……."

"멧돼지라도 잡아주세요. 내일 아침에. 알았죠?"

진우가 허허허 웃었다. 컨테이너 박스가 편안해졌다. 그녀가 어둠 속에서 오랫동안 미소 지었다.

참 지루하고도, 따뜻한 밤이었다.

- 1권 끝. 2권에서 계속.

작가의 말

"아무리 찾아도 딱 맞는 게 없어."

거실 한쪽에 들어갈 책장을 인터넷으로 찾다가 아내가 말했다. 우리 부부가 생각한 책장은, 책도 들어가고, 전자 피아노도 들어가고, 아이들이 숨어서 놀기도 좋은 그런 책장이었다. 그런 게 어디 있겠나. 결국 나는 직접 책장을 만들기로 했다. 혼자 하루 종일 작업했다. 책장의 뼈대가 완성되었을 때쯤, 한 손으로 낑낑대며 나무틀을 붙잡고 다른 한 손으로는 바닥에 있는 전동 드릴을 향해 손을 뻗었다. 한 1센티미터쯤 모자랐다. 아무리 손을 뻗어도 닿지 않았다. 이럴 때 염력이라도 있으면 얼마나 좋을까? 그런 생각을 했다.

그 순간 아이디어가 떠올랐다. "그래. 염력을 쓰는 고등학생!" 나는 미송 원목 판재를 바닥에 내팽개쳤다. 그리고 설계 도면을 그려놓은 노트에 염력 쓰는 고등학생에 대해 끼적거렸다. "그는 외계인을 만났다. 그리고 염력이 생겼다." 그 문장이 이 소설의 출발이었다.

그 후 틈날 때마다 그 고등학생의 이야기를 생각했다. 그러다가 초능력을 갖게 된 고등학생이 한 명이 아니라 여러 명이라는 걸 알고 깜짝 놀랐다. 그러니까 UFO를 만난 그들은 일곱 명이었다. 그들은 동아리 캠프를 떠났다. 보리밭에서 크롭서클을 발견했다. 그리고 그날 밤 UFO를 만났다. UFO라니, 얼마나 환상적인가?

어느 날 나는 이 이야기가 그렇게 단순하지 않다는 걸 알게 됐다. 일곱 명뿐 아니라 더 많을지도 모르잖아. 더 많은 사람들이 그들(the others)을 만났다면? 그들은 왜 우리를 찾아왔을까? 왜 속 시원히 모습을 드러내지 않고 숨바꼭질을 할까? 정말 그들이 있을까? 그들은 무슨 말(message)을 하려는 걸까? 왜 하필 지구에는 인간이 살기 좋은 환경이 만들어졌을까? 다른 곳에는 다른 형태의 생명체가 있을까? 혹시 외계인은 신일까? 저 밤하늘 어딘가 작고 푸른 별에 그들이 살고 있을까? 나는 이 복잡한 질문을 한참 좇았다. 물리학, 철학, 신학과 같은 것들이 UFO 속에 있었다. 나는 오랫동안 책을 읽었다.

소설을 쓰면서 이진우가 나와 성격이 비슷하다는 걸 알았다. 나도 오랫동안 학생들을 가르쳤다. 그리고 나 역시 고집이 세고 올드하다. 나도 감자탕을 좋아한다. (처갓집에 가면 어김없이 감자탕을 먹는다.) 그리고 나는 양평에서 매우 가까운 가평에 산다.

어느 철학자의 말대로, 우리는 편집증 걸린 시대를 산다. "이 세상을 움직이는 또 다른 세력이 있다!" 이 말은 〈매트릭스〉 이후 (혹은 국정농단 사태 이후) 거의 철통같은 SF의 법칙이 되었지만, 굳이 편집증 같은 말을 쓰지 않더라도 편하게 받아들일 수 있다. 내 주변에는 나를 움직이는 또 다른 세력이 있다. 내 아내와 아이들이 그들이다. 그들이 나를 움직인다. 아내의 인내하는 능력과 아이들의 넘치는 에너지가 없었다면 나는 이 소설을 시작조차 하지 못했을 것이다.

작가의 말에는 으레 작가의 개인적인 말을 담기 마련이니 다음에 전하는 감사의 말을 독자들은 너무 닭살스럽게 생각지 마시라. EBS에서 20년 넘게 문학을 강의하고 계시는 김주혁 선생님은 또 다른 숨겨진 능력자이다. 그의 도움이 없었다면 이 소설은 허섭한 삼류 판타지 소설이 되었을 것이다. 나의 오랜 벗, 최우석 박사에게서 얻은 도움도 크다. 그는 칸트와 후설을 전공한 철학자이다. (세상에 칸트라니, 믿어지는가?) 또 탁월한 예술적 능력으로 도움을 주신 김성진 선생님, 한국의 고전 설화와 전설을 구성지게 들려주신 한상면 선생님께 감사드린다.

나는 이 소설이 유치한 삼류 판타지 소설이 아니라고 확신한다. 왜냐? 출판사를 잘 보시라. 들녘은 적어도 지금까지 그런 소설을 출판한 적이 없다. 어쩌면 이 소설이 들녘이 출판한 최초의 삼류 판타지 소설이 될지도 모르지만 그들의 능력이라면 충분히 삼류 딱지를 떼고도 남을 것이다. 온전히 '재미' 하나만 보고 무명 작가의 원고를 받아주신 들녘 박성규 편집주간님, 언제나 정성스럽게 이야기를 읽어주시는 유예림 편집자에게 감사의 마음을 전하고 싶다.

아직 그들이 어디 있는지 모르겠지만, 어딘가에서 이 소설을 읽고 있을 독자들에게도 감사의 말씀을 전한다. 이제 1권을 사셨으니 2권도, 3권도……, 그리고 10권까지 함께하시기를, '은근히' 독려해본다. 그들의 메시지(Message of the Others)가 궁금하지 않은가?

송성근